Blanc comme neige

Dimanche noir pour Grégory

Annick Delacroix

Lauriane Sanchez et Laetitia Marchat

Blanc comme neige

Dimanche noir pour Grégory

Roman

Editions Comédia

Du même auteur

- **Le Serpentaire**, roman
  1990, Editions de L'instant

- **Madame Bonbon et autres histoires**, nouvelles
  2002, HB Editions

Nous te souhaitons un Très Bon Anniversaire,
30 ans c'est important et un tournant...
que tous tes vœux se réalisent...
On t'aime très fort.
Lauriane et Laetitia.

1

Premier jour, Paris

Ce lundi 25 novembre, à cinq heures trente du matin, Grégory Marchat dormait profondément, lorsque le téléphone sonna longuement. Il fit la sourde oreille tant qu'il put et, la tête sous l'oreiller, compta malgré lui les sonneries. À la douzième, il bondit, furieux, et alla décrocher. À l'autre bout du fil, une voix masculine inconnue, légèrement brouillée :

– Il y eut un soir, il y eut un matin... Tu sais compter, bonhomme ? Alors compte. Il reste six jours.

On avait déjà raccroché. Grégory, ensommeillé, se massa doucement le cou, tandis que l'appareil bipait encore à son oreille. Un emmerdeur. Il se recoucha et enfouit son visage dans l'oreiller. Au bout d'un quart d'heure, il renonça à retrouver le sommeil. Il abandonna le lit tiède et but lentement un café brûlant. Le jour n'était pas encore levé qu'un rigolo l'arrachait au sommeil du matin. Machinalement, il jeta un coup d'œil au calendrier. C'était lundi. Dans six jours, on serait dimanche. Et alors ?

Il passa la main dans ses cheveux blonds. Il était six heures. À cause de cet abruti, il avait une confortable avance sur sa journée. Il enfila un boxer, s'habilla chaudement et chaussa ses *Paul Smith* marron.

Le ciel s'éclairait à peine quand il quitta l'appartement pour se rendre chez Mazars et Guérard, où il travaillait comme ausiteur financier, spécialisé en banque. L'avenue Jean Jaurès se perdait dans un brouillard léger.

•

Pour ceux qui le connaissaient bien, Grégory Marchat était plutôt beau garçon. Cet homme solide, très ambitieux, généreux et très sociable, aimé de tous, avait un grand sens de la famille.

Il avait une petite amie, Rebecca, qu'il avait rencontrée dix ans plus tôt : ils s'étaient séparés quatre ans et revivaient ensemble depuis trois ans. Il avait une chatte, Lilou.

Grégory était âgé de trente ans. Ce qui le passionnait dans la vie, c'était son boulot et les nouvelles technologies. Il travaillait beaucoup et tard, et se rendait souvent aux Antilles, pour son travail.

Quand cette histoire de fou lui tomba dessus, il crut d'abord que la meilleure chose à faire était de s'en remettre aux instances officielles, surtout que ça n'avait pas l'air bien méchant.

Pourtant, quand Rebecca, partie en vacances au Cap d'Agde, l'avait appelé ce matin, il avait à peine mentionné cet imbécile qui l'avait réveillé avant l'aube. Une blague idiote d'un de ses amis sans doute. Il oublia l'incident et, sur le coup de midi, décida d'aller déjeuner au *"Plein Soleil"*, un restaurant dont il avait fait sa cantine depuis qu'une certaine Audrey Fauroux, précédemment auditrice financière, l'avait racheté et rénové six mois plus tôt.

Il a garé sa voiture à deux pas de là. Une voiture grise. Ou bien c'est la nuit tombée qui ruisselle, métallique, sur la carrosserie. Il est resté immobile dans l'habitacle pendant une demi-heure. Il a l'habitude d'attendre.

Un homme âgé est arrivé, face à lui, de la démarche ballante de ceux qui manquent de souffle. Sur le perron du numéro 10, il a marqué une pause, a fouillé ses poches, s'est retourné vers la rue comme pour l'interroger. Puis il a trouvé sa clé. La porte vitrée s'est refermée sur lui.

Quelque chose s'est brisé à l'étage (des assiettes ?), une femme est passée derrière une fenêtre du second. De sa voiture, il a vu la lumière s'éteindre dans la cage d'escalier. Le mieux, c'est de patienter encore une dizaine de minutes. Pour être sûr.

Un gamin a traversé le square avec un colley, un couple a couru vers un taxi, un autre chien, seul et maigre, a uriné contre une poubelle et une bourrasque a dévié son jet.

Personne ne l'a vu. Il sait comment se fondre dans l'environnement.

A vingt heures, il est sorti de la voiture, côté trottoir, une mallette volumineuse à la main. Il a sonné, l'interphone a grésillé, il s'est présenté. La porte s'est ouverte sur un escalier de pierre. On entend nettement la télévision du deuxième étage, c'est l'heure des infos.

Parfait.

Rapidement, il est monté au premier, la porte est entrebâillée : une attention charmante. Il est entré dans la lumière safranée du salon et le petit homme lui a dit « Bonsoir docteur », en se levant avec précaution. Le médecin a ouvert sa mallette, tout en repérant la prise de courant la plus proche.

Il faudra débrancher la radio.

– Le docteur Vairon n'était pas disponible ? a demandé le vieux.

Alors, l'autre a mis dans sa réponse la douceur du miel d'acacia, et dans ses yeux l'assurance moelleuse des médecins :

– Ne vous inquiétez pas, monsieur Marchas, c'est pareil. Un petit contrôle, il y en a pour cinq minutes. Je ne vous dérangerai pas plus.

De sa mallette noire, il a sorti un électrocardiographe, un transformateur, des électrodes, et des gants de latex qui ont claqué sur ses poignets. L'homme assis a sursauté.

– Pardon, s'est excusé le visiteur, voulez-vous bien ouvrir votre chemise ?

Le malade a l'habitude de cet examen, mais il est lent. Ne pas s'impatienter surtout. Ne le toucher que si c'est nécessaire.

Sa peau est blême, une cicatrice rosée barre son plexus ; une mouche s'y pose une seconde, qu'il chasse d'une main lasse.

Il y a un petit pot de conducteur où il va pêcher une noisette de gelée. En une minute, l'installation est prête : deux électrodes sont fixées sous le sein gauche et une autre sur le plexus. Le cardiographe connecté au transformateur. De ses doigts gantés, il débranche la radio et alimente son matériel.

13

Encore, il sourit calmement à l'homme qui frissonne sous le plafonnier jaune, tandis que le transfo émet un imperceptible bourdonnement.

– Juste une minute et ce sera fini. Détendez-vous.

Il règle l'intensité, le potentiomètre s'aligne sur 5000.

La décharge a soulevé le vieux de son fauteuil ; le cri est resté dans sa bouche et sa langue blanchie s'est tordue vers l'arrière. Quelques secondes ont suffi, la chair a bruni sous les patches, ses mains ont saisi les accoudoirs. Arc-bouté sous la lampe vacillante, ses yeux ont raclé l'air, cherchant un appui, soudain irrigués de colère. Enfin, il a basculé sur sa poitrine où les électrodes grésillent comme des guêpes chaudes. Son corps a sursauté deux fois, ses doigts se sont ouverts et son index s'est tendu vers l'homme impassible.

A sa montre, il est vingt heures quinze. Le vieux n'a plus de pouls. Un peu de sang noir coule du nez. Il l'essuie. Puis il allume un petit cigare, le fait rougir, tire une bouffée et, fermement, marque les poignets du vieux du bout incandescent jusqu'à ce que la chair cède.

Au-dessus, un couple s'engueule dans le vacarme de la télévision.

Parfait. Et d'un.

Audrey Fauroux, une femme de vingt-neuf ans, très mince, très cambrée, brune, aux cheveux longs, et aux yeux marron, menait son affaire avec un mélange de fermeté et de jovialité, ce qui en faisait la commerçante la plus appréciée de l'avenue Parmentier.

– Alors Grégory, t'as perdu ta langue ? A quoi tu rêves ce midi ? À un voyage aux Antilles ? Tu veux manger un morceau ?

– Hmm ? Pardon Audrey... quel est le plat du jour ?

– Ton plat préféré : fondue bourguignonne. T'as un souci ?

– Non. Juste que j'ai reçu un appel anonyme ce matin, chez moi.

– Y'en a, tu sais, des mecs qui s'emmerdent. C'est rien ça. Tu as eu peur ?

– Bof, un peu… Parfois, je stresse un peu vite… En tout cas, ça m'a mis d'une humeur massacrante...

– C'est sûrement un petit emmerdeur qui s'amuse. C'est pas le premier. T'en fais pas. Allez, le plat du jour et la cuvée de la patronne ?

– D'accord Audrey. Je prends le journal en apéritif.

– Vas-y, y'a une surprise. Monsieur est à la une !

Hilare, Audrey tendit *Le Parisien* à Grégory. Sa photo trônait en première page, à côté de celle du maire. Un article flatteur relatait en effet un de ses exploits, qu'il avait tenu à taire, fidèle à sa modestie naturelle. Il avait pourtant bien mis en place le mode de calcul des normes comptables IAS en France ! Pour Audrey Fauroux, c'était un honneur de recevoir

15

dans son bistrot des hommes de qualité, comme elle aimait à le dire. Grégory se serait bien passé de cette publicité, surtout qu'on y donnait tous les détails de l'affaire. D'ailleurs, le journaliste en faisait des tonnes.

– Mesdames, messieurs, nous avons Monsieur Marchat à déjeuner ! s'écria Audrey Fauroux derrière son bar.

C'était bien sa manière, à Audrey. Ça avait au moins un avantage : elle était franche et directe. On savait à quoi s'en tenir.

En tous cas, sa fondue bourguignonne était un délice. Il en fit compliment à la patronne qui rosit de fierté. Elle avait toujours été bonne cuisinière. La pluie avait repris. Ce qui restait de lumière sourdait à travers la baie, les passants se pressaient dans l'air jaune, poussant leur parapluie contre l'averse. Grégory aurait volontiers attendu l'accalmie à l'abri. Rassasié, il se sentait bien, attendri par l'accueil d'Audrey. Rien de tel qu'un bistrot amical et une fondue trois étoiles pour se détendre. Il avait oublié sa fatigue. Le café était parfait, comme toujours. Il tourna les pages du journal. Tout à coup, dans une colonne de brèves, son nom lui sauta aux yeux une seconde fois. L'article était très court, mais précis : un homme âgé de cinquante-cinq ans avait mystérieusement disparu de son domicile, sans prendre la peine de se couvrir ni de se chausser selon les premières constatations de la police. Il semblait qu'il avait quitté précipitamment son appartement ; en attestaient son repas auquel il n'avait pas touché, la lumière et la télévision encore allumée quand les autorités avaient investi les lieux, prévenues par une voisine. On avait retrouvé ses vêtements sur son lit et une veste de pyjama derrière la porte. De ce fait, la police doutait d'un départ volontaire. L'enquête suivait son cours. La surprise, c'était que l'homme s'appelait Marcha, Marcha sans "t".

Ça va aller. Il me faut un peu plus de temps, mais ça va aller. Je finirai par trouver. Je suis un chasseur après tout, c'est dans ma nature. Il faut du temps pour apprendre l'affût. Maintenant je sais comment faire. Et puis Dieu me guide. Je n'y croyais pas au début, mais il n'y a pas de doute. Quelque chose (quelqu'un?) me pousse. Parfois, ça me pousse tellement fort que j'ai du mal à respirer. C'est comme si je m'élançais pour un saut au-dessus du vide, avec la trouille au ventre, et un taux d'adrénaline à me faire péter la cafetière. Il ne faudrait pas que je claque avant d'avoir accompli le cycle complet. Alors je suis prudent. Je reste à couvert. Et je les cherche...

Il n'a pas trop souffert. Je l'ai eu par surprise. La tension était telle que son pacemaker a grillé en quelques secondes. Je l'ai laissé finir de roussir tout seul. C'est le premier, j'ai pas encore la tête froide. Pourtant, je dois le faire, il est temps que le cycle s'accomplisse. C'est écrit noir sur blanc dans le Livre. Qu'il soit foudroyé, et que Sa lumière l'aveugle.

Je me sens mieux maintenant...

2

La journée a été belle et froide. La nuit le sera aussi. Rien de mieux pour la conservation des corps. Rigor mortis. Raidi bientôt dans la mort, durci par la peur.

C'est si tranquille, la campagne en automne. Il suffit de quitter les chemins, d'entrer dans un bois pour être en paix. Tous ces arbres transis, ces mousses grouillantes et ces geais invisibles qui crient entre les hêtres. Toute cette vie souterraine, là sous la couche de feuilles en décomposition, et cette odeur verte, poivre d'écorces, marinade de fruits perdus et de lichens, cette odeur douceâtre montée dans la brume, l'exaltent. On pourrait se perdre dans le parc des Buttes-Chaumont. Lui, il le connaît par cœur. Et le bois le connaît, cet homme qui marche avec une bêche sur l'épaule.

Le trou est profond, quatre-vingts centimètres peut-être. Cela suffira. Creuser n'a pas été le plus difficile. La terre est meuble, gorgée d'eau et de débris végétaux. De temps en temps, une racine l'a retardé. Il y a des bêtes fouisseuses, des scolopendres et des araignées qui fuient dans les aiguilles tombées des pins sylvestres. Des fourmis rouges aussi qu'un coup de bêche a rendu folles de rage. De temps en temps, il observe le corps appuyé contre le tronc d'un arbre. Il est encore sous l'effet de l'anesthésique, mais sous ses paupières à demi closes, ses yeux cherchent un appui et ses jambes entravées tremblent dans les faines. Le trou est prêt. Il n'est pas lourd mais il a fallu une demi-heure de marche pour l'amener ici, plié sur son épaule. Quand il l'a extrait de la housse, l'autre a commencé à reprendre connaissance. Son haleine a fait gonfler le chatterton, il lui en a remis une couche. Il s'appuie sur la bêche et hume alentour l'odeur oxydée des pommes sauvages pourrissant à terre ; le bois respire. Et l'homme entravé se réveille, s'agite. Il a les pieds nus, le froid creuse sa poitrine. Il ne porte qu'un pantalon de pyjama. Ses yeux s'agrandissent et se heurtent aux arbres ; les odeurs le frappent ; il veut se lever, sa gorge gargouille ; il crie mais il crie comme un poing, du dedans, avec son ventre maintenant ; il met dans ses yeux toute la colère qu'il trouve, il se tord. Le chatterton tient bon et il n'y a rien de mieux que le câble électrique pour ficeler un bonhomme. Bien serré en croix, c'est assez douloureux.

La bêche tombe. L'homme botté s'approche et sourit :

– Bonjour monsieur Marcha. Vous vous êtes endormi... Je sais combien vous avez besoin de repos en ce moment. Vous allez être gâté. Un séjour à la campagne. Rien ne vaut la nature pour se détendre. Vous allez voir... Juste une petite formalité avant de vous laisser...

L'autre s'affole et souffle, jette ses jambes dans les siennes, s'abîme la gorge, mugit, le visage plaqué dans l'humus. Il faut qu'il l'assomme. Le coup est dur, il sait cogner. Il peut allumer son cigare sans hâte, en tirer quelques bouffées. Calme et droit dans l'air qui vibre. Puis il s'assied sur le corps inerte, l'écrase de tout son poids et, d'une main sûre, marque les poignets d'une brûlure profonde. Le cri est long, muselé. Quand il le retourne d'un coup de pied, il voit sa figure sale, sa terreur et son pantalon souillé d'urine. Alors, il le relève :

– Tu me reconnais, bonhomme ? Non ? Pas grave. Tu vas pouvoir réfléchir un peu. Mais fais vite...

Un deuxième coup part. L'arcade lâche. Ça pisse rouge.

Avant de le pousser dans le trou, il a vérifié qu'il respirait encore. Puis il a tassé la terre, replacé les mottes et les feuilles. Un bousier est passé dessus. Les mouches feraient le reste.

Et de deux.

Le 26 novembre, à cinq heures du matin, le téléphone réveilla Grégory. Il laissa sonner plusieurs fois, attendant que l'importun se lasse. Ce fut sans effet.

– Six plus un font sept. Il y eut un soir, il y eut un matin. Si tu comptes bien, bonhomme, il reste cinq jours.

La ligne fut coupée avant qu'il ait pu répliquer. Grégory se mit à réfléchir, passant déjà mentalement en revue les copains et copines capables d'une farce aussi nulle. Guillaume ? Diego ? Le message était court, sec, manifestement répétitif. Et cette façon de lui donner du « bonhomme » ne lui plaisait pas du tout. Il était sûr de ne pas connaître ce type. Si ce taré continuait son jeu, il donnerait forcément de ses nouvelles, alors il ne le raterait pas. Pour en avoir la certitude, il eut fallu le réentendre. Irrité, Grégory enclencha la touche d'enregistrement des conversations au cas où, et se promit de porter plainte si besoin. Il n'aimait pas les gens qui jouaient avec les nerfs des autres, qui abusaient de leur pouvoir, quel qu'il soit, a fortiori un allumé planqué derrière l'anonymat, amateur de sensations troubles. Il n'aimait pas non plus qu'on se moque de lui sans se présenter.

Lui gâcher son café, si tôt, alors que la nuit pâlissait à peine à l'est, c'était la meilleure façon de le mettre de mauvais poil. Ses pieds nus sur le carrelage étaient glacés. Il s'habilla vite, redoutant d'affronter l'humidité de cette fin de novembre anormalement froide. Le bulletin météo annonçait deux degrés pour la journée ! À ce rythme-là, ça finirait en verglas.

Sa jambe gauche était coincée dans son pantalon lorsque le téléphone retentit à nouveau. Il sursauta, sautilla bêtement vers l'appareil, prêt à tancer le malotru, et s'affala lourdement sur le sol. Sa tête cogna contre l'angle du mur. Le répondeur sembla s'enclencher et une voix se grava sur la bande :

– Il y eut un soir, il y eut un matin… Compte, il reste cinq jours.

Grégory, sonné, entendit le déclic, la tonalité et le bip final. Détestable. Ce type commençait à l'agacer furieusement.

Le sparadrap sur son front meurtri lui vaudrait quelques remarques chafouines… Il ajusta la compresse. Cinq jours. Cinq jours avant quoi ? Putain de merde ! Qu'y avait-il dans cinq jours qui vaille une plaisanterie aussi absurde ? Et s'il n'y avait rien, que cherchait cet allumé ?

Ce mardi commençait mal. Dehors, rayant le petit matin sombre, tombait une bruine fine et serrée.

•

Grégory arriva à midi pile au *Plein Soleil*, ronchon, l'œil droit à moitié fermé. Audrey Fauroux se moqua de lui gentiment :

– Qu'est-ce qu'il t'est arrivé ? Tu t'es pas raté ! Tu t'es fait ça en faisant du squash ou du snow-board ?

– Pas du tout. C'est ce foutu débile qui téléphone dès l'aube ! À cause de lui, je me suis emmêlé les jambes dans mon pantalon et je me suis cogné !

Audrey haussa les sourcils :

– Il a rappelé ? Qu'est-ce qu'il a dit ?

Grégory haussa les épaules. Sensible aux événements, il suffisait parfois d'un détail pour le déstabiliser. Tout le monde le savait. En général, on lui fichait la paix et ça passait comme c'était venu ; un moment d'anxiété n'en faisait pas un lunatique ! Chacun avait ses humeurs. Ce n'était pas Audrey qui lui en ferait le reproche. Mais de le voir aussi maussade la toucha. Elle insista doucement :

– Qu'est-ce qui va pas, Dédé la Boulange ? Tu as tes yeux des mauvais jours, tu n'as pas fini ton fondant au chocolat, tu n'as rien dit ou presque !

– Y'a un truc qui me chiffonne…

Audrey se fit attentive, s'assit et posa son menton dans ses mains en coupe.

– Tu vois, j'aime pas qu'on m'appelle à cinq heures du matin pour rien. C'est un peu tôt pour rigoler, non ? Bon, mettons que je sois un peu irritable en ce moment. Un peu fatigué peut-être. Mais j'ai une drôle d'impression. Je ne me l'explique pas. C'est ça qui me chiffonne… Tu me connais ! J'aime pas les comptines de ce type, voilà tout. C'est peut-être un taré. Dis-moi, si je compte bien, comme dit ce malade, dans cinq jours, ce sera dimanche. Plus je creuse, moins je trouve. Qu'est-ce qu'il y a dimanche ?

– Rien de particulier pour moi, fit Audrey.

– Ni pour moi. Je n'ai rien prévu de spécial. Tu connais mes activités du dimanche : comater devant la télé... Rien de notable. Bon, on verra bien si ça recommence…

– Ça ne m'étonne pas que ça te travaille, surtout si tu dis que ce type avait un ton déplaisant…

Ils gardèrent le silence. Grégory avait les yeux dans le vague. Le café refroidissait dans la tasse. La pluie avait cessé, les tables se vidaient, la serveuse repoussait les chaises d'un coup de hanche, deux plateaux chargés vissés sur le plat de ses mains.

Audrey semblait perplexe :

– Je crois que tu te montes le bourrichon pour trois fois rien. Des appels anonymes, y'en a tous les jours, toutes les nuits. Le plus souvent, ce sont des gamins qui s'amusent. Y'a des p'tits cons qui se frottent aux phobies des autres. Y'a des gens très bien aussi. En société, ils se tiennent comme des lords, et quand ils rentrent chez eux bien à l'abri et loin des yeux, qu'il commence à faire noir, ils remuent leurs doigts de pied dans leurs pantoufles, ils s'ouvrent une bière ou deux, et ils choisissent un nom au hasard dans l'annuaire. Ils le lâchent plus pendant quelques jours ou quelques semaines. Ça les excite de faire flipper le quidam. C'est juste un zeste de pouvoir, c'est facile, sans danger. Un jour, sans raison, ils passent à un autre nom d'abonné, toujours au hasard. Je l'sais bien. Y'a eu une époque, y'a trois mois de ça, un secoué d'la caboche m'a téléphoné toutes les nuits à minuit pendant deux semaines. Il voulait boire un bock, il disait «ouvre ta taule», et il me traitait de tous les noms d'oiseaux. Tu vois, Dédé la Boulange, ça énerve, mais t'en fais pas, c'est que du pipeau. Alors fais-moi plaisir, souris un peu et laisse passer l'orage. Tu as mieux à faire, pas vrai ?

– D'accord, Audrey, belle tirade. N'empêche…

– N'empêche rien du tout ! Tu regardes trop de films. Allez, prends un autre café, j'te l'offre. Et file ! Tu as vu l'heure ?

– Et merde ! Il faut que je me dépêche, d'autant plus que j'ai invité Clément à dîner ce soir et que j'ai des courses à faire...

●

Audrey, moqueuse, avait mis Grégory dehors. Même quand on a une vie assez mouvementée, il suffit parfois d'un grain de sable pour enrayer une belle mécanique. Tout en remontant l'avenue Parmentier, Grégory songeait, un brin amusé, qu'il s'était laissé prendre à un piège idiot. L'automne finissant, cette pluie persistante, les basses températures, ce petit mal de gorge tenace, le manque de lumière peut-être (certains disaient que la luminosité naturelle avait une incidence sur le biorythme…) avaient contribué à entamer son moral. Il arrivait que l'on s'énerve pour moins que ça. Rasséréné, Grégory partit faire quelques emplettes pour le dîner. Clément était un de ses meilleurs amis. Un alibi en béton pour bien manger… Il repartit, content et léger, dans la ville glacée.

●

Le soir même, Clément arriva, échevelé, une bouteille de vodka *Carambar* sous le bras.

– Salut Superman ! Je pose le paquet à côté de la porte d'entrée…

Clément était un homme de trente ans, petit, costaud, brun, aux yeux marron. Il était responsable d'un magasin de golf. Grégory appréciait cet homme drôle, honnête. En plus, on pouvait compter sur lui, qu'il neige ou qu'il vente. C'était un pote, un vrai.

Il débit débitlait Il débula dans la pièce, ravi, en brandissant le journal où Grégory était à l'honneur.

– Tu croyais échapper aux journalistes, espèce de cachottier ! Ils t'ont coincé ! Mais ça ne te déplaît pas tout à fait, n'est-ce-pas ? T'as vu la bafouille ?

Grégory ricana. Clément avait été le premier au courant. Maintenant que la presse locale s'y était mise, il faudrait quelques jours avant que son entourage se lasse. La boulangère, qui en pinçait déjà pour lui, avait rosi tout à l'heure en lui tendant son pain, « Vous êtes un héros, Monsieur Marchat ! »

Le repas fut un délice. Il fallait bien le dire, Grégory était un vrai cordon bleu. Grégory et Clément aimaient tous deux partager les plaisirs de la table. Ils discutèrent longuement, se rappelèrent de vieux souvenirs et rirent beaucoup en évoquant leurs plus belles gaffes, notamment la fois où Grégory avait fait le mur, et s'était cassé des glaçons sur le front… Au moment du café, Clément relut trois fois l'article consacré à l'exploit accompli par Grégory. Soudain, alors qu'il tournait machinalement les pages du journal, Grégory pouffant encore dans ses mains, il tomba en arrêt :

– Merde alors…

Le silence se fit. Clément semblait partagé entre l'hilarité et la gravité :

– C'est drôle, ça… tu as vu cette info ? Ce type, là, qui disparaît en pyjama…

– Ah oui, fit Grégory, ça surprend ! T'as vu son nom ?

Clément fronça les sourcils :

– Qu'est-ce que c'est que cette histoire ? Qui est ce type ? Tu le connais, Grégory ?

– Pas du tout ! Son nom n'a pas la même orthographe, tu as vu ? Marcha sans "t"…

– Oui, reprit Clément, il s'appelait Herbert Marcha… « Une veste de pyjama a été retrouvée derrière la porte. L'enquête est en cours… ». Tu sais, le somnambulisme peut être à l'origine de situations assez cocasses… c'est bizarre quand même… parce que ça me rappelle quelque chose… il y a peut-être deux semaines, je ne sais plus exactement, je suis tombé sur un article anodin, une brève noyée dans les faits divers : un type trouvé mort chez lui, électrocuté. Ça peut arriver. Ce qui m'intrigue, c'est qu'il s'appelait Marchas. Je m'en souviens très bien. Forcément. Il s'appelait Marchas, tu te rends compte ? Avec un "s". Pour une coïncidence, c'en est une.

Grégory ne disait rien. Au même instant, le souvenir de l'appel anonyme s'était imposé à son esprit. Dans un soupir, il s'accouda à la table.

– Quoi ? Qu'est-ce qu'il y a ? C'est mon macchabée qui t'impressionne ? lui demanda Clément.

– Non. Ton anecdote me fait penser à quelque chose, c'est tout. Audrey, tu connais Audrey et son bon sens, m'a ôté ça de la tête en deux temps trois mouvements. Mais là, avec cette histoire d'homonymie, je dois avouer que ça m'intrigue… Audrey pense que je me fais des idées !

– Raconte-moi quand même, souffla Clément

– Et bien, figure-toi que j'ai reçu un coup de fil, ce matin à cinq heures. C'était un inconnu. Sa voix ne m'a rappelé personne. Il a grogné quelque chose dans le style « si tu sais compter, il reste six jours ». Ça n'a aucun sens pour moi. Et il a rappelé ! Une demi-heure après. Je me suis étalé sur le sol et j'ai donné du front dans le mur. Je crois que le répondeur a pris son message, les mêmes conneries, au mot près.

– Un maniaque. Y'en a plein.

– C'est ce que dit Audrey. Admettons. J'avais déjà reçu un appel identique la veille... pas de quoi avoir peur, mais ce type avait une voix… spéciale.

– Et voilà, fit Clément en se pinçant le nez, voilà ce que c'est de faire la une...

– Je te le fais pas dire. Parce que si on récapitule, on a un Marcha qui se taille à moitié à poil, un autre zigue électrocuté on ne sait pas quand ni comment, mais un Marchas tout de même... et trois appels anonymes pour moi, un Marchat aussi !

Clément, songeur, fronça les sourcils.

– Le répondeur ! Passe-moi la bande ! Je veux entendre ce type. Tu as bien enclenché le répondeur ?

Grégory sursauta. Bien sûr qu'il l'avait fait !

– Mais il n'y a rien sur ce répondeur.

Grégory pivota vers son ami :

– Comment ça, rien ? Il est pourtant branché !

– Bien sûr, mais la bande est en bout de course ! Y'a rien ! C'est pas de chance. Alors essaie de faire un effort de mémoire, qu'est-ce que ce type a dit *exactement* ?

Grégory servit deux verres de vodka *Carambar* et se cala dans un fauteuil face à son copain. Seule une lumière basse était restée allumée ; Grégory réfléchissait en silence.

La mémoire est une faculté étrange. Et puissante. On dit que même les pierres savent stocker l'information. Un humain devrait alors avoir des milliards de souvenirs… De quoi devenir fou. Heureusement, le cerveau fait le ménage : il y a des zones cérébrales spécialisées dans le nettoyage, le tri, l'apprentissage, la sauvegarde, le verrouillage, l'analyse ou l'accès aux données. C'est très bien fichu. À condition que tout fonctionne parfaitement…

Grégory avait une mémoire exceptionnelle qu'il utilisait beaucoup. Clément lui suggéra, par jeu, de fermer les yeux et de retrouver l'image qui s'était imposée à lui tout de suite après le mystérieux appel. À force d'ouvrir son esprit, la vodka aidant peut-être, Grégory se détendit et, soudain, murmura « six plus un ».

– Qu'est-ce que tu as dit ? Répète, vite !

– Six plus un.

Clément le fixa avec attention :

– Six plus un ? Six plus un quoi ? Cherche encore !

– J'en sais rien ! J'ai dit ça comme ça !

Bon, Dédé la Boulange, tu m'as dit que le message énonçait à peu près ceci : « si tu sais compter, il reste six jours »…

– Non, cinq jours ! C'est hier qu'il restait six jours.

– Récapitulons… « si tu sais compter, il reste six jours »… « six plus un »… mais six plus un font sept ! C'est lui qui ne sait pas compter ! En tout cas, tout cela est étrange. Ton Marcha n'est sûrement pas en fugue ! Et puis un type quasiment nu, ça passe pas inaperçu. Quant à mon Marchas, il a pris un sacré coup de jus. On peut se demander si ce sont des accidents ! Va pour une coïncidence, si tu veux. J'ai rien dit tout à l'heure, mais je trouve que ça mériterait une petite vérification...

Grégory se frotta le front du bout des doigts. Il essayait vainement de se défaire d'un sentiment d'embarras depuis qu'ils avaient évoqué le malheureux électrocuté. Les événements semblaient se rejoindre, sans qu'il sache précisément pourquoi. Maintenant, Grégory reconnaissait qu'il y avait là des bizarreries, il s'avouait enfin sa curiosité.

– Si ça recommence demain, je vais à la police...

– C'est une bonne idée. N'oublie pas de rembobiner ton répondeur et de le brancher. Pour l'instant, tu n'as rien qui puisse étayer ta démarche. Un enregistrement te ferait prendre au sérieux. Je suppose que la police a d'autres chats à fouetter que de sermonner des citoyens anonymes dont le sens de l'humour est discutable, alors attends de voir si ton farceur remet ça... Il est tard, je file. Appelle-moi demain si tu veux.

Grégory opina, en confirmant son intention d'en savoir plus. Il y avait certainement des archives au journal régional, des traces de l'accident de Marchas avec un "s". Après tout, Clément avait pu mal lire. Le lieu, la date, les circonstances lui donneraient forcément quelques indications.

– Demain, j'irai aux archives du *Parisien*, et j'en aurai le cœur net.

Grégory raccompagna Clément à sa voiture. Une nuit crémeuse en mangeait les contours. La seule chose qui le frappa, ce fut une odeur de tabac juste devant sa porte. Une odeur pas vraiment déplaisante, qui mettait aux narines un bon fumet épicé et chaud...

En rentrant dans son appartement, il trouva le paquet posé près de la porte.

– C'est quoi ce truc ? marmonna-t-il en défaisant le papier kraft.

Une Bible. Classique, couverture souple noire. Mais pourquoi Clément lui avait-il apporté une Bible ? Il était catholique, mais non pratiquant. Il ne voyait pas ce qu'il pouvait faire d'une Bible.

Grégory haussa les épaules et rangea ce livre avec ses autres bouquins.

Je me souviens de leur odeur. De celle de leur appartement. De mes propres vêtements imprégnés de leur lessive, de leur cuisine, de leurs miasmes. Je me souviens de leur haleine de bouffeurs de viande, de leurs gueules de bois le dimanche matin à la chapelle. Je me souviens de ma peur, à l'approche du week-end, quand ils n'avaient rien d'autre à faire que de s'intéresser à moi de plus près. Ma peur était à la hauteur. Prégnante, sale, incontrôlable. J'ai pissé dans mon pantalon jusqu'à l'âge de sept ans. Ils m'ont appris la honte et la contrition. Mon lit sentait l'urine, surtout l'été. Un jour que j'avais voulu changer le drap, ils m'avaient surpris dans le couloir, petit garçon pâle agrippé au bout de sa traîne blanche malodorante, et ils avaient halé le drap vers eux, lentement, pour m'attraper et me jeter sous la douche. La peur, encore, l'eau brûlante et les mains brutales. Les larmes, aussi dures que des perles, tombant sur la faïence et filant vers la bonde noire. Je me souviens trop bien. J'ai une mémoire infernale. Je sens sur lui la vanille brûlée et sur elle, le citron rance.

Je me souviens. De tout.

3

C'est une femme. Des gestes imprévisibles. Grande. Sèche et dangereuse. Un harpon. Est-ce que c'est plus facile quand on a une tête aussi mauvaise ? La question a traversé son esprit juste une seconde. Il ne faut pas penser quand on a si peu de temps pour agir. Heureusement qu'elle habite un hameau qui s'éteint dès la nuit tombée. À six heures, c'est un four tellement l'endroit est noir ; sa maison, un pavé de fonte posé à la sortie du village. Cinq baraques brunes aux volets clos sur des champs rasés. Il y a bien des chiens qui toussent au bout de leur chaîne, mais il ne les craint pas. Un sifflement a suffi à les coucher. Il a garé sa voiture derrière la grange en contrebas, la laissant descendre, moteur coupé, dans le sentier qui rejoint la départementale. À six heures trente précises, tous les soirs que Dieu fait, elle va jeter une gamelle grasse au mastiff qui somnole.

Quand elle pousse sa porte, il l'assomme sur le seuil, d'un coup à étendre un bœuf. Ses bras de sauterelle lui battent les côtes tandis qu'il la soulève jusqu'à la voiture. D'abord, la museler au chatterton, triple tour. La veuve est toute en nerfs. Puis les jambes, les poignets, les chevilles, avec de la cordelette plastique qu'il noue en croix et serre au maximum. Elle attendra sur le siège du passager.

Avant de partir, il a caressé le chien qui a aimé la viande, refermé la porte de la maison et éteint les lumières. Inutile de mettre en scène quoi que ce soit. Demain, les voisins viendront cogner aux volets s'ils ne sont pas ouverts à sept heures.

A trois kilomètres de là, le pont de Bondy. En dessous, un gouffre.

La portière avant droite s'ouvre sur le visage carré que la peur a creusé. La tirer de là est une épreuve. Il le savait. Elle résiste, ruant et bavant sous le bâillon comme si se terrer dans la voiture pouvait empêcher quelque chose. Alors il la frappe à la tempe. Qu'elle se tienne tranquille, la vieille garce. Juste le temps de l'extraire et de la traîner contre la rambarde.

On voit venir sur le chemin des collines une paire de phares blancs qui cisaillent les bois. Il comprend qu'il ne peut tarder. Il n'aura pas le temps de la marquer au feu du cigare. La veuve Marschat est trop forte, ses yeux disent déjà toute la haine qui la tient vivante. Dommage. Celle-là méritait une fin théâtrale, un saut de l'ange qui vaille la scène. Car le ciel s'est ouvert sur la lune, les ravines ont scintillé là où les sources polissent la pierre, des nuages lourds passent en convois sous l'astre lavé ; c'est beau à pleurer. Et avec la veuve raidie au bord du pont, dans sa blouse claire, on dirait du Shakespeare.

Il dit simplement «adieu», et il pousse la femme dans le vide. Requiescat. Et de trois.

Troisième jour

Le réveil arracha Grégory à son cauchemar. Il était en train de rêver qu'il était pauvre...

Sa nuit avait été courte et mauvaise, entrecoupée de mauvais rêves et de quintes de toux. Il avait dû prendre froid hier, en traînant dans les rues de Paris. Une migraine lancinante lui cuisait les tempes. En s'asseyant au bord de son lit, il se dit que décidément ce n'était pas un jour à travailler. Il était un peu moins de cinq heures, le répondeur était opérationnel, il allait se recoucher après avoir avalé 1000 mg d'aspirine et un café brûlant. Bien sûr, il attendait malgré lui l'appel du gêneur. Les quelques minutes qui le précédèrent lui parurent pénibles. Il eut le temps de croire que le petit jeu était terminé. Mais le téléphone sonna, ravivant la douleur dans ses tempes. À cinq heures précises, le répondeur s'enclencha au bout des quatre sonneries programmées. Il y eut un bref silence suivant l'annonce.

« Il y eut un soir, il y eut un matin... Compte, bonhomme, il reste quatre jours... »

Les mots résonnèrent dans le vide. Il y eut un déclic, le répondeur se repositionna en mode actif. La pièce sembla noircir. Grégory chercha instinctivement un peu de jour vers la fenêtre, mais l'aube était encore loin et rien au-delà de la vitre ne s'éclairait. Le réveil affichait cinq heures quinze lorsque le téléphone sonna à nouveau. Grégory bondit ; imperturbable, l'inconnu débita son avertissement.

– Attendez ! ordonna Grégory, qui êtes-vous ?

La ligne fut coupée net. Il se sentit aussitôt désarmé, debout, en tenue d'Adam, le combiné dans la main. La sonnerie reprit presque immédiatement. Furieux, il répondit en hurlant, mais la voix réitéra son intimidation, avec une sorte de sauvagerie nouvelle qui le réduisit au silence aussi facilement que s'il avait été un enfant. Puis plus rien. Juste la tonalité bipant jusqu'à l'écœurement ; quelque chose d'indicible le saisit, comme une crainte animale, peut-être un effluve, une onde venue par la ligne téléphonique même, une *odeur mentale* incompréhensible, presque toxique. Quelque chose comme un évanouissement. Soumis, Grégory reposa le combiné.

Combien de temps resta-t-il assis là à se demander ce qu'il allait faire, maintenant que, à n'en plus douter, un inconnu le harcelait sans dévoiler ses intentions. À se remémorer le ton de sa voix, il était clair que ce n'était pas pour rire. Enfin, il se leva. C'en était assez. Il décida de ne pas travailler et d'aller à la police, et pas plus tard que ce matin. Fallait-il pour autant attendre que le jour pointe ? Comment présenter la chose ? Passerait-il pour un trouillard ? Il était fort probable qu'on le prendrait de haut, la police avait assez de délinquants, de dealers et de maris violents sur le dos, sans parler des meurtres... Pour aujourd'hui, dormir était impossible. Grégory renonça à toute idée de repos, malgré sa fatigue et son rhume. Il se servit un grand bol de café et patienta, assis sur son canapé. Peu à peu il se calmait. Il irait tout à l'heure au commissariat central de Paris avec la cassette de son répondeur, porterait plainte et se renseignerait sur ces fichues homonymies. Personne n'était mieux placé qu'un flic pour en tirer des conclusions valables. En plus, il se ferait lui-même sa petite idée en enquêtant à sa façon. Finalement, se dit-il, il faut réagir. Ce genre de malade n'espère qu'une chose : ficher une trouille bleue, immobiliser sa victime et lui gâcher la vie jusqu'à ce qu'elle trébuche toute seule. Il était mal tombé. Même sensible, Grégory ne ferait pas la chèvre.

●

Le commissariat bourdonnait tel une ruche. En apparence, on y entrait comme dans une bergerie, mais il y avait des caméras partout.

Grégory se dirigea vers un comptoir, où un préposé à l'accueil dévorait une barre chocolatée.

– Bonjour, commença-t-il, je voudrais porter plainte...

– Mmmm, quel genre de plainte, Monsieur ?

Grégory était embarrassé :

– Voilà. Je suis harcelé au téléphone par un inconnu...

– Ah ! Harcèlement ! Bien ! Je peux voir vos papiers, s'il vous plaît Monsieur ? répondit l'agent la bouche pleine. Alors, nom : Marchat... prénom : Grégory... nationalité : française... date de naissance : 11 avril 1976... Bon, le lieutenant Gimenez va recevoir votre plainte, veuillez patientez, bureau 4...

Il reprit sa mastication. C'était simple et déconcertant. Grégory ne voyait pas la police ainsi. On se serait cru à la banque.

Le lieutenant Gimenez surgit devant lui.

– On me dit que vous souhaitez porter plainte. Suivez-moi.

Le lieutenant Gimenez était un homme de trente-deux ans, plutôt mince, musclé, aux cheveux rasés, et aux yeux clairs, pas très aimable mais très consciencieux. En quelques secondes, il établit mentalement la fiche signalétique du plaignant : taille et corpulence moyennes, yeux verts, cheveux blonds, fins, coupés court. Quand Grégory eut raconté son histoire et posé sa « preuve » sur le bureau, l'officier de police le regarda avec attention.

– Vous savez, Monsieur Marchat... commença-t-il en agitant sa carte d'identité… Tiens, vous vous appelez Marchat ! Nous recherchons justement la famille d'un homme disparu récemment portant ce nom. Ce doit être un homonyme…

– Je vois de quoi il s'agit. N'enquêtez-vous pas autour d'un nommé Marcha, sans "t" ?

Le lieutenant Gimenez fronça les sourcils :

– C'est moi qui pose les questions, d'habitude. Simple curiosité de ma part. Cependant, je crois que je vais vous mettre en rapport avec mon collègue le capitaine Maurin. C'est lui qui dirige l'affaire. Et vous dites que vous n'avez rien à voir avec ce Marcha ?

Grégory éternua et confirma.

– Faut-il vraiment que je voie votre collègue ? Je n'ai rien de plus à dire, vous savez !

Le lieutenant Gimenez insista en disant qu'il avait des ordres. Puis il tapa la déclaration sur son ordinateur portable, l'imprima, lui rendit la précieuse cassette et escorta le plaignant jusqu'à l'étage. Il n'avait pas souri une seule fois.

Il s'arrêta devant une porte vitrée, y frappa cérémonieusement et annonça le visiteur. Avant de se retirer, il lui souffla :

– Le capitaine a ses manières. Soyez bref et concis...

Le capitaine Maurin était assis dans un large fauteuil de cuir noir. Plongé dans la lecture d'un volumineux rapport, il ne leva pas les yeux. Grégory nota la force qui émanait de lui, sa taille imposante et ses cheveux totalement blancs. Un homme puissant, probablement pas loin de la retraite. Il devait mâchonner des chewing-gums à la chlorophylle tout au long de la journée, à en voir les paquets vides dans sa poubelle. Son regard de mercure se posa brutalement sur Grégory :

– Alors vous vous appelez Marchat. Asseyez-vous donc.

Grégory s'exécuta, surpris par l'accueil péremptoire. La toux le secoua. Sans répondre, il posa la minuscule cassette de son répondeur sur le grand bureau chargé de dossiers.

– J'ai peu de temps à vous consacrer. Quel est votre problème, Monsieur Marchat ?

– Et bien, comme je l'ai expliqué au lieutenant Gimenez, je suis l'objet depuis trois jours d'appels anonymes. C'est vrai que suis un peu émotif, monsieur, mais il y a un plaisantin qui me réveille fort tôt et cherche à m'effrayer. Honnêtement, je n'aurais pas fait la démarche de venir ici si, comme tout le monde me le fait remarquer depuis vingt-quatre heures, je ne m'appelais pas Marchat...

– Je vois. Vous avez lu *Le Parisien*, et vous êtes tombé sur un Marcha... n'est-ce pas ? demanda doucement Maurin.

Surprenant changement de ton, pensa Grégory à toute vitesse, voilà un type qui ne doit pas être commode avec ses subalternes... Une quinte de toux le gêna.

– Oui monsieur, j'ai lu cet article par hasard. Une fugue ou un enlèvement ?

– Je n'ai pas à vous répondre, fit Maurin, mais puisque vous m'apportez peut-être une piste inattendue, je vais vous en dire plus. Nous avons en effet été appelés dimanche par une retraitée. Le chat de son voisin miaulait sur son palier. La porte de son appartement était ouverte et les lieux étaient vides, abandonnés précipitamment, semblait-il. Qu'il soit parti ou qu'on l'y ait aidé, il n'avait sur lui qu'un pantalon de pilou. Cet homme s'appelle Herbert Marcha. Marcha sans "t". On ne lui a rien volé. Il n'y a pas de mobile apparent d'enlèvement. Mais je m'attends à tout. Amnésie, somnambulisme, sénilité. On retrouve parfois des gens à des kilomètres de chez eux sans qu'ils aient le moindre souvenir de leur comportement. Il va se geler les miches, conclut-t-il en souriant.

– Ne croyez pas, capitaine, que je prenne des raccourcis faciles, mais si j'insiste, c'est que cette coïncidence me trouble doublement. Je m'appelle comme votre Marcha, à une lettre près. Je reçois des appels anonymes absurdes, deux jours après cette disparition, et pour couronner le tout, un ami me cite de mémoire un article de presse relatant la mort a priori accidentelle d'un autre homme portant un nom phonétiquement similaire, un certain Marchas, avec un "s". Toujours une coïncidence d'après vous ?

Maurin haussa ses sourcils broussailleux :

– Marchas ? Mmm, oui. Un accident inexpliqué, comme il y en a tant. Vous n'allez pas m'apprendre mon métier ! Pour simplifier, celui-là est mort d'une crise cardiaque provoquée par une électrocution. Monsieur Marchat, il n'y a pas de quoi vous alarmer, en tous cas pas en l'état actuel des choses…

– Mais, le coupa Grégory, vous avez fait la relation !

– Bien sûr ! Je suis payé pour ça ! Ecoutez, j'attends les résultats de l'enquête de proximité. Si des éléments laissaient penser qu'il puisse y avoir un lien entre ces événements et votre petit plaisantin, je vous le ferai savoir. Détendez-vous Monsieur Marchat ! Si vous saviez le nombre de rigolos que nous croisons ! Je ne vois effectivement qu'une coïncidence dans ce que vous me racontez. Il y en a de bien plus stupéfiantes, et malgré les apparences, inoffensives...

– Et la cassette ? Ecoutez-la ! Peut-être en tirerez-vous quelque chose.

– J'allais vous le proposer. Si vous n'y voyez pas d'inconvénient, je la garde et je la ferai analyser par le service compétent. Je vous contacterai si cela en vaut la peine. Mais je ne crois pas que ce sera nécessaire. Votre énigmatique emmerdeur va se lasser. Ce n'est qu'une question de jours. Ces zozos-là aiment changer de jouet au bout d'un certain temps. Croyez-moi, rentrez chez vous. Ne débranchez pas votre téléphone pour autant ! C'est inutile. Par contre, tenez-moi au courant si votre admirateur se dévoile davantage ! Puis-je compter sur vous ? termina Maurin en se levant, soudain très aimable, la police a besoin de citoyens tels que vous, Monsieur Marchat. Vigilants ! Observateurs ! Vous avez bien agi et vous avez eu raison de venir ici, je vous remercie...

Décontenancé, Grégory se leva, tandis que le capitaine Maurin rangeait la cassette dans un tiroir.

Il se retrouva dans le couloir sans s'en rendre compte. En se retournant vers les escaliers, il ne put éviter une femme d'une trentaine d'années, petite et bien en chair, aux longs cheveux bruns, et aux yeux marron. Ils se bousculèrent, un dossier s'éparpilla sur le sol. Grégory s'excusa, cherchant à rassembler les feuilles volantes. L'autre remercia en bougonnant. Un élastique claqua, le temps de lire une ligne : Affaire Marchas - Docteur Lise Morel - Institut médico-légal de région.

Le matin était bel et bien levé quand Grégory sortit. L'air s'était asséché. La rue brillait sous un soleil bleu, à peine tiède. D'un pas décidé, Grégory prit la direction des archives du *Parisien*. Sa migraine avait enfin cessé. Sur le trajet, le dossier tombé des mains de la femme pas très sexy lui revint à l'esprit. Etait-ce le médecin-légiste chargé de l'autopsie ? Grégory aurait donné beaucoup pour lire ce rapport... Bizarrement, il regrettait d'avoir laissé la cassette. Le procès-verbal de sa plainte, qu'il pouvait palper dans sa poche, ne lui procurait pas de soulagement. La plus grande perplexité le poussait à presser le pas. Affaire Marchas. Voilà qui le titillait sérieusement.

Tout petit déjà, il mettait son nez partout, même là où il ne fallait pas.

Cette histoire commençait à l'intéresser sérieusement. En vue du siège du *Parisien*, il se dit qu'il trouverait une réponse par lui-même à la plus urgente de ses questions : qui était ce Marchas, quand, où et comment était-il mort exactement ?

•

Le grand quotidien régional, *Le Parisien*, était une véritable institution, ouverte nuit et jour. À cette heure, Grégory trouva le hall presque désert. Une hôtesse au sourire étincelant lui indiqua le large escalier qui descendait au sous-sol. En bas, il fut accueilli par une jolie jeune femme qui le dirigea vers une rangée de PC en veille. Elle l'installa devant un terminal et lui expliqua comment faire sa recherche. Une fois ses repérages effectués, elle pourrait, avec exactitude, lui remettre les articles qu'il souhaitait voir, ou bien lui montrer comment les consulter sur écran.

Grégory était assez branché en informatique et il ne lui fallut qu'une dizaine de minutes pour isoler ses trouvailles, deux articles parus dans *Le Parisien* du mois de novembre, à trois jours d'intervalle. Le premier était court et pouvait correspondre à celui auquel Clément avait fait allusion. Le second, plus long, lui en apprit davantage. Il le lut deux fois de suite : un homme d'une soixantaine d'années, un certain Théodore Marchas, avait été retrouvé mort par sa femme de ménage, chez lui, un mardi matin. Il était assis, électrocuté, dans un fauteuil, quand la police était entrée ; l'homme portait un pacemaker et l'on crut d'abord à une défaillance de sa prothèse. Mais l'enquête avait permis de conclure à une électrocution d'origine inconnue, au vu de l'état du pacemaker en partie grillé et des traces de brûlures à l'emplacement de la montre, de la chevalière et des branches métalliques de ses lunettes. D'autres traces avaient été constatées sans être dévoilées au public. Il semblait que la victime ait été électrocutée par une décharge anormalement puissante incompatible avec la tension de 220 volts relevée aux prises de courant de l'appartement. Quant au lieu lui-même, il était vierge de toute violation de domicile, de toute agression, de tout désordre. L'enquête de voisinage n'avait rien donné, on n'avait vu ni entendu personne, il n'y avait aucune empreinte, aucun indice susceptible d'expliquer ce décès. Le mystère restait entier et l'enquête en stand-by.

Le premier article citait simplement l'accident, nommait la victime et finissait en interrogation sur l'origine de la mort. Crise cardiaque, électrocution, ou bien toute autre chose.

Grégory était songeur. Ce Marchas-là avait passé l'âge de mettre ses doigts dans une prise, juste pour voir. Et la façon dont l'enquête s'évanouissait le laissait pantois. Il y avait là de quoi exclure une mort accidentelle. Il en était sûr sans pouvoir se l'expliquer. Ce qui lui manquait pour se faire une idée plus claire, c'était les conclusions de l'autopsie, s'il s'avérait qu'il y en avait une. Et pour cela, il y avait quelque part un certain docteur Lise Morel… Il allait falloir se montrer persuasif.

Grégory demanda une copie des deux papiers à l'aimable archiviste.

– Je m'appelle Pénélope, lui confia-t-elle devant l'imprimante.

Ses copies en poche, Grégory quitta la belle Pénélope et sortit à l'air libre. Sa montre *Lancel* indiquait presque onze heures. Il était temps d'appeler Clément et de faire le point.

●

Le Plein Soleil, douze heures quinze. Le service de midi battait son plein. Audrey s'énervait sur son percolateur, tandis qu'une douzaine de clients pressés buvait leur café au coude à coude, serrés contre le zinc. Pour consommer quelque chose, il fallait patienter ou foncer dans le tas. Grégory contourna l'obstacle et vint se placer dans l'angle du bar.

Audrey lui posa un café sous le nez :

– J'ai pas l'temps de te faire la conversation, Dédé la Boulange. Juste un truc dans le journal qu'il faut que tu voies. Page 16. L'homme au pyjama. Y'a du nouveau.

Pour retrouver *Le Parisien* dans cette cohue bruyante, il eut fallu se fâcher. Grégory avala rapidement son café et descendit au sous-sol. Sous le téléphone, il y avait le journal du jour, comme d'habitude. Tout en composant le numéro de son ami Clément, il repéra la page 16. Une brève rappelait l'événement et précisait qu'une petite seringue hypodermique avait été découverte sur les lieux. La police émettait maintenant l'hypothèse d'un enlèvement. L'enquête se poursuivait, orchestrée par le commissaire Favel et ses lieutenants.

– Allô, Clément ? Tu as une heure à perdre ? Oui ? Alors rendez-vous chez moi cet après-midi…

•

Les articles étaient découpés et punaisés au mur. Il y avait Marchas, victime de son pacemaker et son étrange installation électrique. Et il y avait Marcha volatilisé en pleine ville, à l'heure où les braves gens se couchent. Une seringue en prime pour tout indice. Grégory tapotait de l'index le formulaire de sa plainte, le regard fiché dans la cloison. Clément n'arrivait pas. Grégory téléphona à Rebecca, qui l'avertit qu'elle rentrerait de vacances quelques jours plus tard que prévu. C'était inattendu mais providentiel. Il la rassura quand elle l'interrogea, minimisa ce qu'il avait appris, omis tous les détails et lui dit des choses tendres, secrètement abasourdi par cette nouvelle facilité à déformer la réalité. Après tout, il valait mieux qu'elle profite de ses vacances tranquillement, puisque rien ne le menaçait vraiment, sinon des mots. Le petit bloc de papier sur lequel il avait recopié le message anonyme attendait ses notes. Se pouvait-il qu'il y ait un lien entre ces hommes et lui ? La seule chose qui pouvait les réunir, c'était la phonétique. Il tournait en rond. Pour se calmer les nerfs, il joua à un jeu vidéo, et décida ensuite de se reposer.

Quand Clément fit enfin son apparition tard dans l'après-midi, Grégory émergeait à peine d'une sieste qu'il aurait voulu réparatrice et qui n'avait fait que réactiver son mal de tête. Un rêve interminable l'avait tenu allongé, dans la lumière fondante, un de ces rêves complexes à multiples sorties, où les messages, s'ils en sont, semblent dits en langue exotique tant ils sont fluides et rapides.

— Tu as l'air de sortir d'un sac de billes, lui dit Clément en se laissant tomber dans le canapé.

— C'est presque ça, sauf que c'est un sac de nœuds. J'ai eu une journée plutôt inattendue, j'ai la crève, et franchement je suis loin d'être un enquêteur à la hauteur.

— Bon, commençons par le commencement. Je t'écoute.

— Toi d'abord. Dis-moi pourquoi tu m'as apporté une Bible la dernière fois.

— Quelle Bible ?

— Celle que tu as déposée près de la porte et qui était emballée dans du papier kraft.

— C'était un paquet que j'avais trouvé sur ton paillasson.

D'abord, ça lui cloua le bec. Dans un courant d'air, l'odeur délicieuse du tabac sembla envahir ses narines. Puis elle s'évanouit. Quel rapport y trouvait donc son esprit ?

Grégory se passa la main sur le front.

— Bon, lis plutôt ça, dit-il en posant les articles de presse sur la table basse.

Au fur et à mesure de sa lecture, Clément tirait sur sa lèvre supérieure ; le soir entrait dans la pièce et Grégory, qu'une petite fièvre anesthésiait un peu, attendait, lové dans son fauteuil. Il n'aurait d'ailleurs pu dire si c'était le rhume ou le rêve qui l'assoupissait ainsi.

– Intéressant, nota Clément, autre chose ?

– Oui, le Marcha évaporé. On ne lui a pas demandé son avis. Aujourd'hui dans le journal, page 16. Lis donc.

L'article apportait indubitablement un élément nouveau tout en prenant un tour inquiétant.

– Très intéressant. Les archives n'ont livré que ça ? Tu es sûr qu'il n'y a pas d'autres cas ?

Mollement, Grégory se redressa :

– Je n'ai pu consulter que la presse récente. Il faudra peut-être que je retourne là-bas, histoire de creuser… Ce n'est pas tout ! J'ai rencontré le flic chargé de l'enquête Marcha, j'ai porté plainte et bousculé un médecin-légiste !

Grégory décrivit sa visite au commissariat, la rencontre avec le lieutenant Gimenez, si raide mais si correct, et Maurin, un type ambigu, fort en gueule quoique subtil, qui lui avait fait une impression mitigée. Il en était sorti aussi bête qu'avant d'entrer, mis à part qu'il savait maintenant, par le plus grand des hasards, qu'il y avait une affaire Marchas entre les mains d'un médecin-légiste nommé Morel. Malgré sa démarche, il ne se sentait pas soulagé. Il avait cru pouvoir se rendre utile et on l'avait écarté sans ménagement. Clément lui objecta que la police avait tout intérêt à ne mêler personne à une enquête tant que ce n'était pas indispensable, que ce qu'il avait apporté à Maurin ne tenait qu'à peu de chose. Enfin, c'était mieux de s'être débarrassé de ces contrariétés.

– Mais je ne sais pas quoi en penser, finalement, avoua Clément, tous ces Marchat, quelle que soit leur orthographe exacte, me donnent le tournis. On n'est pas des flics, Dédé la

Boulange. Ne va pas fouiller là où ça sent pas bon. Tu veux vraiment faire ton enquête ?

– Je crois que oui. Une sorte d'intuition... Je voudrais recommencer une recherche aux archives, m'assurer qu'il n'y a pas d'autres « accidents » de ce genre.

Clément secoua la tête. Une mule. Mieux valait le laisser faire.

La nuit était tombée. Grégory s'était tassé au fond de son fauteuil, massant ses tempes douloureuses. Les articles avaient repris leur place sur le mur. À bout d'arguments, Clément exigea d'avoir des nouvelles. Grégory promit en le raccompagnant à sa voiture. Le froid revenu avait vidé les rues. Alors qu'il rentrait, un parfum épicé l'environna, puis se dissipa. Son cerveau enregistra l'information. Cette odeur de tabac presque vanillée... Cette odeur lui parlait...

Je ne sais pas pourquoi les chiens m'aiment tant. Je n'en ai pas. Ils m'indiffèrent. Il suffit que je m'accroupisse pour qu'ils viennent à moi avec une sorte de soumission exaspérante. Et puis j'ai pensé qu'ils pouvaient servir. Petit, j'ai eu un chiot. Vingt-quatre heures. Ils l'ont tué sous mes yeux. Après la raclée, j'ai dû nettoyer le sang sur le mur. C'est la première fois je crois que j'ai senti son odeur de fer et compris qu'ils ne m'aimaient pas. C'est comme ça que ça a commencé. Quel âge avais-je ? Pourquoi est-ce que je vivais avec eux puisque j'étais de trop ? Ils disaient que j'étais un fléau de Dieu. Ils ouvraient la Bible et ils m'apprenaient la crainte. Au début, j'ai cru que c'était une bonne chose « d'être une volonté divine ». Après tout, Dieu est puissant au-delà de toute compréhension. Le dictionnaire était plus précis : un fléau ou une calamité. C'est bien plus tard que je suis devenu un outil pour battre. Aujourd'hui, je sépare le grain de l'ivraie. Dieu me guide.

C'est comme ça que j'ai trouvé cet homme. C'est comme ça que j'ai trouvé les chiens. Deux pitbulls nerveux perdus dans le parc des Buttes-Chaumont. Je les ai réservés pour plus tard. En prévision, je les prépare et ne les nourris qu'à petites doses, cœur de bœuf et entrailles. Le moment venu, je les mènerai à la curée.

4

Ce qu'il faut, c'est qu'ils le trouvent. Il va faire le nécessaire. Peu importe que cela prenne deux ou trois jours. Il aura plus mauvaise mine, c'est tout. Cané pour cané, autant qu'ils soient servis. Comme il aimerait bien voir vomir le petit Gimenez, si mal dans sa vie, et si droit dans son costume bien coupé. Il en est pas loin. Il va se vider. Ce sera jouissif. Comme ce pauvre bougre qui ne comprend pas ce qui lui arrive. Il est au bord de la nausée.

— Tu aimes bien les petits garçons, hein ? Oh, oui, les laver dans ta douche et insister là où ça commence à les titiller ? T'en fais pas, Marscha, je vais te frotter les miches. Tu vas être désinfecté à fond. Il y a une machine à laver, une grosse, tu n'en as jamais vu une pareille, je parie. Tu vas voir, c'est efficace.

L'homme est un vieux beau, la peau tannée par les U.V. Son nez cassé par le coup a saigné sur sa veste beige. Son pantalon baissé sur ses chevilles dévoile son sexe rabougri. Il se trémousse et cherche à le soustraire au regard dur qui le fixe.

— Que tu es sale, Marscha ! Tu n'as pas honte ? Tu pues des noisettes et du reste, c'est triste quand on s'habille aussi chic. Tu es rance, vieux porc, tu sens la soupe de fesses. C'est une horreur ! Il faut faire quelque chose, tu es d'accord ?

L'autre acquiesce, terrorisé.

Facile de le piéger. Merci Internet. Un rendez-vous à l'embranchement des deux départementales. Toujours à l'heure où le ciel recule. Avec la promesse d'un mignon docile et un peu vert, dont il pourrait lire la honte dans les yeux. Il n'a pas hésité une seule seconde, même en découvrant le colosse au volant. La photo du gosse l'a fait saliver. Il s'est assis dans la voiture.

En vue de la station déserte, il s'est garé sous le couvert des trois ormes, qu'il a salués au passage comme des rois. Le vieux s'est enquis du gamin. Il lui a dit de le suivre. Et soudain, son poing a broyé son visage.

– Arrête de beugler, et enlève le bas, a ordonné l'homme en braquant son P38.

Autour, il n'y a rien, sinon la station d'épuration dont le ronronnement monte vers eux. Il grelotte, les mains levées, et supplie déjà. Ses cuisses brunes serrent son sexe. Le coup de crosse le jette dans les herbes trempées.

Quand il reprend connaissance, il est solidement ficelé, le cul à l'air, face contre terre. L'homme est sur lui, il veut crier, mais sa bouche est pleine de graines ou de cailloux, il ne sait pas. Du Chatterton enserre sa tête. Une odeur épouvantable lui brûle les sinus. Son nez brisé craque une deuxième fois sous la pression. Il crie comme un goret à travers le bâillon et le gravier, tandis qu'on lui frotte vigoureusement les fesses et que sa chair hurle sous l'acide. Puis ce sont ses poignets velus qu'il lui tatoue au feu. Les doigts s'ouvrent et se ferment. On dirait des tarentules qui crèvent.

Il s'est évanoui.

Le bonhomme a commencé de souffrir. Autant profiter de sa soumission pour finir.

La station d'épuration comporte plusieurs unités de traitement. Celle qui intéresse l'homme ganté, c'est le bassin de décantation.

Il y fait glisser le corps inerte. Les boues tournent, brassées par une pale. Une sorte de mouvement perpétuel. À la longue, l'eau claire s'écoule et les remugles bouillonnent à la surface, dans un lâcher de puanteurs extrêmes.

Il va s'en aller. Marscha, suffoqué, s'efforce de rester au-dessus du potage infâme, ça dure quelques secondes, et il s'enfonce.

La pale le fera tourner, jusqu'à la purification. Et si le corps la coince, tant mieux. Ils verront comment on lave son linge sale. Deus te absolvat.

Et de quatre.

Le répondeur avait enregistré quatre messages identiques. Pris dans un sommeil artificiel, Grégory n'entendit rien. Il émergea difficilement, pas du tout habitué aux somnifères. Pourquoi dormait-il si mal depuis trois jours ?

La litanie de l'inconnu avait repris. Il fallait chercher plus loin. Aujourd'hui, il ferait le tour de l'affaire : d'abord le lieutenant Gimenez, le capitaine Maurin seulement s'il le fallait, ensuite les archives, puis le docteur Morel. Il faudrait bien que quelqu'un l'écoute.

France Info débitait les infos du matin, quand il faillit lâcher son bol : le corps d'une femme ligotée avait été découvert au fond du ravin sous le pont de Bondy, déchiqueté par sa chute, le visage presque entièrement couvert d'adhésif. On ne donnait pas son nom.

Grégory s'habilla si vite qu'il partit sans se raser. Il sortit de son appartement, fendant l'odeur sucrée d'un tabac roux. La clarté comme une gifle. Le tabac chaud. Il se mit à courir. L'odeur s'évapora.

●

Le lieutenant Gimenez le vit fondre sur lui.

– J'ai besoin d'un renseignement. C'est certainement confidentiel, mais c'est urgent. Comment s'appelle la femme tombée du pont de Bondy ?

Le lieutenant Gimenez le regarda avec attention sans répondre.

– Je me mêle de vos affaires, d'accord. C'est juste une vérification, une sorte d'intuition… Soyez indulgent, lieutenant. Si je me trompe, je m'en vais aussi sec…

– OK, Monsieur Marchat. OK… La victime s'appelle Marschat, Joanne Marschat. Elle a été assassinée.

– Bon, fit Grégory, je ne suis pas fou. Je fais quoi, moi maintenant ?

Le lieutenant Gimenez ouvrit son bloc-notes :

– Pour commencer, quelle est la marque de votre voiture ?

– Ma voiture ? Quelle importance ? C'est une Audi ! Mais pourquoi…

– La couleur ?

– Elle est noire.

– Le numéro d'immatriculation ?

– Elle est immatriculée dans le 92. Mais attendez, lieutenant ! Quel rapport avec ce qui m'amène ?

– Juste pour vérifier… Une voiture noire a été entrevue par un automobiliste, quittant le pont de Bondy. On n'en sait pas plus.

– Putain de merde ! Vous me soupçonnez, je rêve !

– Pas du tout. Arrêtez de vous emballer, Monsieur Marchat. Il me faut simplement éviter de faire fausse route. Je crois que vous auriez tout intérêt à coopérer.

– Coopérer ? À quel sujet ? Je suis venu spontanément, il me semble…

Le téléphone l'interrompit. Le lieutenant Gimenez écouta et répondit par l'affirmative.

– Le capitaine Maurin veut vous voir. Vous connaissez le chemin ? Vous tombez sur un bon jour, il est de charmante humeur ! Au fait, d'autres appels anonymes ?

– Et comment ! grogna Grégory, quatre ce matin. On peut rêver mieux comme réveil !

Le lieutenant Gimenez hocha la tête.

– À mon avis il y a quelque chose de trop dans ces coups de fil : votre nom.

– Je suis content de ne pas être tout seul à le penser… Merci de vous en soucier…

Le flic esquissa un sourire :

– Le capitaine vous attend. C'est un enquêteur d'une rare efficacité, vous savez. Il viendra à bout de cette affaire.

●

– Asseyez-vous, Monsieur Marchat.

Le capitaine Maurin mâchait sa gomme à la menthe avec lenteur, plongé dans la pénombre étudiée de son bureau. Tout incitait à la confidence, jusqu'au sourire apaisant qui flottait sur ses lèvres, sa haute stature, et ses mains jointes, attentives, pointées sur le visiteur. Grégory ôta sa veste en cuir marron ses gants marron et son écharpe et les posa sur une chaise libre.

– Vous avez une voiture immatriculée dans le département, je crois ?

Grégory nia et indiqua le département d'immatriculation. Maurin reprit aussitôt :

– Une Audi A3 noire, flambant neuve, avec GPS et sièges en cuir ?

– Oui, et alors ? Je voudrais comprendre, capitaine…

– Et bien voyez-vous, j'ai un petit problème avec une Audi. Je me demandais si vous l'aviez toujours…

– Elle est au garage depuis une semaine, vous pouvez vérifier. De quoi s'agit-il ? Le lieutenant Gimenez m'a déjà interrogé à ce sujet.

Maurin le rassura :

– La routine, Monsieur Marchat, la routine ! Allons, parlez-moi donc de votre admirateur.

Bien qu'un peu désarçonné par les questions du flic, Grégory revint sur les dernières heures et livra le résultat de ses recherches aux archives.

– Joli brin de fille et maligne, cette archiviste, ajouta Maurin en se levant, je suppose que vous n'avez pas trouvé tout ce que vous cherchiez ? Ce n'est pas étonnant. Les accidents ne sont pas tous intéressants pour la presse. Et quand ils n'ont pas d'os à ronger, ces fouille-merde en inventent.

– C'est un accident, le type au pacemaker ? Je n'y crois pas une seconde. Et celui qui a disparu, un accident aussi ? Et maintenant cette femme préparée comme un rôti au fond d'un ravin ! C'est trop pour moi, capitaine.

Maurin vint s'asseoir à côté de lui, ferma les yeux et joignit ses grandes mains sur son menton :

– Vous regardez trop la télévision ! Les homicides ne sont pas photogéniques et la police n'a pas de super pouvoirs ! Une enquête est en cours, Monsieur Marchat, sur plusieurs fronts. J'admets que nous avons des éléments que je ne peux partager avec vous. J'admets également que vous vous sentiez mal à l'aise. Et je n'écarte pas davantage la possibilité que vous soyez lié aux faits. Je cherche comment. Je peux vous mettre sur écoute si ça peut vous rassurer, mais à mon sens c'est inutile…

– Laissez tomber, ce n'est pas pour ça que je suis venu. Je ne suis pas assez bête pour me faire tuer.

– Qui vous parle de ça ? tonna soudain Maurin, puis se radoucissant aussi vite, je ne peux divulguer mes méthodes, comprenez-le. Je vous offre une sécurité si vous la voulez. Quant au reste, soyez patient. Je ne lâche jamais le morceau…

Grégory se sentait fatigué. Maurin lui ôtait toute résistance.

– Vous vous souvenez de l'affaire Griot ? reprit le capitaine, Griot le tueur de mémés. Quinze meurtres étalés sur trois ans. Eventrations et maquillage de starlette, je laisse les détails. J'ai passé six mois sur ce dossier. Mais je l'ai eu. J'aurai celui-ci aussi avant de me retirer. Croyez-moi, je connais ce genre d'homme. Gardez la tête froide, Monsieur Marchat. Creusez si ça vous rassure, faites votre petite enquête. Attention où vous mettez les pieds, je ne suis pas votre chaperon, d'accord ?

Grégory acquiesça :

– D'accord. Et la cassette ?

– On n'en a rien tiré. Aucun bruit de fond identifiable. La voix est trafiquée. Même décrassée, elle ne donne rien. Je l'ai écartée pour l'instant. Allez, Monsieur Marchat, restons en contact, voulez-vous ? Ne quittez pas la ville, j'aurai peut-être besoin de vous.

Le capitaine lui tendit sa veste en cuir et lui écrasa cordialement les phalanges.

●

Elle s'appelait Pénélope Bonnet. C'était écrit en tout petits caractères sur un carton qu'il n'avait pas vu la première fois. La grande salle basse était déserte. Grégory s'avança entre les rayonnages ; son appel résonna sous la voûte. Seul le sifflement feutré des PC lui répondit. Une boîte craqua sur une étagère. Il n'y avait personne. Grégory s'installa devant une machine et recommença sa recherche. Sur le trajet, une idée saugrenue lui était venue. Déçu par son entrevue avec Maurin, qu'il trouvait décidément trop paternel, il s'était remémoré les noms des victimes. Il y avait certainement d'autres patronymes approchants. Peut-être que l'un d'eux lui rappellerait quelque chose.

Il se servit de l'annuaire informatique en le limitant à la zone urbaine. Il trouva des Marchat et des Marcha. Puis des Marschat, des Marschas et des Marchas. Il y avait aussi une Emeline Mar Cha et un Marscha qui portait un prénom poussiéreux d'antiquaire snob : Egon. Si on élargissait la recherche à la région, il y en avait pas beaucoup plus, et les orthographes ne différaient plus. On les avait toutes.

Et maintenant, que faire de cette liste de noms ? Retourner voir le capitaine Maurin avec son trésor de guerre ? Certainement pas. Il aurait l'air idiot. Le lieutenant Gimenez, à la rigueur. Histoire de lui arracher un autre rictus ?

– Bonjour, souffla Pénélope dans son cou, comment va Monsieur… Marchat ?

Elle était arrivée comme une chatte, aussi soyeuse.

– Bonjour, Pénélope. J'ai besoin de votre avis.

Il tapota une chaise :

– Asseyez-vous et dites-moi ce que vous pensez de ça.

Elle écouta attentivement, sans le regarder, plissant les yeux de temps en temps. Puis elle commença :

– Le capitaine Maurin est un cador. Tout le monde le sait au *Parisien*. Il a résolu des énigmes sur lesquelles séchaient de grands pontes de la Crim. C'est un surdoué. Surtout depuis son accident.

Grégory s'étonna :

– Quel accident ?

– Je peux vous sortir l'article d'un collègue à ce sujet. Mais il n'est pas complet. Loin de là. C'était il y a environ cinq ans, je venais juste d'entrer au *Parisien* comme stagiaire. Maurin avait été gravement blessé au cours d'une arrestation. Une balle dans la tête, si je me souviens bien. Son hospitalisation a duré deux mois, dont quinze jours de coma. Sa promotion de capitaine date de là. Voilà pour la version officielle.

– Parce qu'il y en a une autre ?

– Disons que celle qui fut livrée aux journalistes était sacrément édulcorée… Le détail des affaires qui touchent la police de l'intérieur est tenu secret, en général. En fait, Maurin travaillait sur une affaire sordide, celle d'un pédophile particulièrement dangereux. Le type était rusé comme un singe. Un vrai fou. Maurin le pistait depuis plus d'un an.

Grégory la coupa brusquement :

– Comment savez-vous tout ça ?

Pénélope secoua la tête. La lumière zébra ses cheveux lisses. Elle posa son index sur ses lèvres où l'ovale de son ongle brilla :

– Je vous aime bien, Grégory. Je suis sûre que vous saurez être discret…

– Bien sûr. Parlez sans crainte. En plus, j'ai un goût immodéré pour les potins et cette histoire m'intrigue de plus en plus.

– Alors voilà. À l'époque, j'étais journaliste stagiaire, fraîchement sortie de l'école, curieuse comme un chat des rues. J'avais également un ami, un confident, un type foncièrement bon qui s'appelait Manu, Manu Gimenez.

– Le lieutenant Gimenez ?

– En effet, reprit Pénélope, Manu était le nouveau bras droit de Maurin, tous les deux affectés à la brigade des mineurs. Il était comme son ombre sur cette affaire tordue. Il m'a fait jurer de ne pas utiliser ses confidences, j'ai promis, malgré la tentation de briller avec un scoop, vous imaginez, et il m'a dit ce qui s'était passé exactement. Si vous me promettez de garder le silence, je vous raconte.

– Je vous le promets. Tout ce que je veux, c'est savoir où je mets les pieds.

La jeune femme croisa les jambes et noua ses mains sur ses genoux. Ses pupilles foncèrent. De la rue venait une rumeur qui semblait troubler l'onde verte des écrans. Elle fixa un point dans le fond des rayonnages :

– Il y a des histoires qui blessent aussi ceux qui les racontent… Je garde un souvenir pénible de l'été de cette année-là.

Pénélope fit une pause, apparemment émue. Enfin, elle ouvrit les vannes ; son récit les couvrit d'ombre.

●

C'était en juillet, la chaleur avait plissé la ville comme de la guimauve ; pour respirer, il fallait attendre minuit, que les fontaines rafraîchissent et que les parcs s'ébrouent. Manu et Maurin planquaient depuis plusieurs nuits, dans cette moiteur, buvant au goulot une eau minérale tiède. Déjà deux jours qu'ils attendaient, les yeux rivés au carrefour, dopés au café noir. Maurin était sûr de lui. Le suspect était le bon. « Rappelle-toi, lui disait Maurin pour la centième fois, c'est une ordure. Pas un homme, mais une crevure comme tu n'en as jamais vue. Pas de pitié. Un pédophile doublé d'un sadique dangereux, porté sur la douleur et l'humiliation, qui arrange les jeunes ados à sa façon.

Trois gamins, Gimenez, tu m'écoutes ? »

Et il répétait que trois gamins déjà avaient été retrouvés errant dans la rue, à moitié nus, drogués au Valium, des doses capables de provoquer des amnésies temporaires et d'ôter toute volonté. Les gamins de douze ans avaient été battus à plusieurs reprises. Leurs crânes étaient aussi lisses que des galets et des arabesques avaient été dessinées à l'iode et au feutre à alcool sur leur corps. Ils étaient parfumés comme des loukoums, bras et poignets attifés de cordelettes de couleur. Quand on les avait récupérés, les mômes étaient en état de choc, incapables de parler. L'un d'entre eux n'arrivait plus à pisser. Ils ont passé trois mois à l'hôpital sous assistance psychologique renforcée.

Rappelle-toi, Manu, ce n'est pas un homme.

Manu Gimenez mangeait les cuticules de ses pouces, les pupilles comme des assiettes ; la voiture suait, Maurin urinait dans une bouteille d'un gros jet dru ; Manu détournait la tête, les fourmis montaient dans ses jambes ; Souchon poussait sa mélancolie dans la radio en sourdine et les heures passaient sans alerte. Il était presque deux heures du matin quand Maurin secoua Manu. À trente mètres devant, un homme arrivait. Seul. Maurin retint son équipier une minute. C'était lui. Cette fois, il était foutu. Enfin, ils montèrent derrière lui en dégainant. Tout se joua en quelques minutes : la porte céda sous l'épaule de Maurin. L'homme recula sous la menace des 38 spécial ; Maurin fit le tour du studio et fonça dans la chambre. L'horreur était là : un garçon était ligoté au lit, allongé sur le ventre. Ses bras étaient tendus à se rompre, les cordes rougies par son sang. Son dos, zébré de coups, n'était qu'une plaie croûtée. Son crâne tondu était peint. Il avait subi les mêmes tortures que les autres. À part que celui-ci était mort.

Pénélope se voila les yeux de ses mains :

– J'ai vu les photos... c'était à vomir.

•

Pénélope s'était tue. Ses bras croisés sur sa poitrine trahissaient son émotion. Personne n'était venu interrompre son récit et la grande salle bourdonnait imperceptiblement. Grégory, secoué par ces révélations, s'efforçait de cacher son trouble. Il prit les mains de la jeune femme entre les siennes. Elles étaient glacées.

– C'est à ce moment que ça a mal tourné, reprit Pénélope d'une voix lasse. Maurin semblait tétanisé par la scène, Manu l'a appelé plusieurs fois, probablement que le type en a profité. Il a dû sentir le vide se faire dans la pièce, et la paralysie les gagner. Alors, en une fraction de seconde, il a sorti une arme, qu'il a braquée sur Manu, puis sur Maurin. Tout s'est passé très vite. Le coup est parti. Maurin l'a pris en pleine tête. Manu a tiré à son tour. Le tueur s'est effondré, touché au côté.

– Il l'avait tué ?

– Non. Manu a fait preuve d'un sang-froid remarquable, même s'il a culpabilisé pendant des mois. Maurin avait morflé. Il a été emmené très vite. Il est resté à l'hôpital deux mois, et a été opéré deux fois. C'est un chêne, ce type. Il aurait dû y rester. Ils l'ont tiré d'un coma de quinze jours. C'est dans ce laps de temps qu'il s'est produit quelque chose de bizarre… Le criminel avait été soigné, puis incarcéré. Singer, c'était son nom…

– Je me souviens de ce nom, fit Grégory.

– Singer a commencé à se plaindre de cauchemars incessants, puis il a été extrêmement agité la nuit. Son codétenu a demandé qu'on le calme parce qu'il criait et arrachait tout dans la cellule. On a fini par lui administrer des psychotropes. Rien n'y a fait. Il paraît qu'il priait en hurlant, et qu'il se traînait sur ses genoux derrière quelqu'un qu'il était seul à voir. On l'a placé au mitard. Il est passé entre les mains d'un psychiatre qu'il a supplié de l'envoyer ailleurs. Et quand on lui a demandé de se justifier, il a déclaré que c'était Maurin qui le harcelait, qu'il entendait sa voix toutes les nuits et qu'il ne pouvait plus dormir du tout. Après deux semaines de cette chanson, Singer s'est affaibli d'un coup. On s'apprêtait à le transférer en section psy. Les matons l'ont trouvé mort un matin. L'autopsie n'a pas permis de savoir de quoi. Pas de plaie, pas de poison, pas de crise cardiaque ou respiratoire. Une seule chose a intrigué les gardiens qui l'ont trouvé : l'expression de terreur qui déformait son visage au point qu'il s'était très profondément mordu la langue. On supposa qu'il était mort de peur. En l'absence d'autres traces, l'affaire a été close. Mais ce décès est resté inexpliqué depuis.

– Mordu la langue… mais pourquoi ? C'est le docteur Morel qui a pratiqué l'examen du corps ?

– Il me semble, c'est un nom comme ça. Vous la connaissez ?

Grégory fit signe que non :

– Je sais seulement que c'est le médecin légiste qui planche sur l'affaire Marchas, vous savez, le cardiaque, peut-être aussi sur la femme tombée du pont de Bondy, enfin je suppose…

– C'est possible. Toujours est-il que Maurin s'est rétabli et que depuis, Manu est comme son ombre, un vrai garde du corps. Il n'a jamais pu se défaire de l'idée que cette seconde d'inattention avait été la cause de l'accident. Il se sent responsable. Alors il veille sur lui. Cette dette le bouffe, j'en suis sûre.

– Ils sont coéquipiers depuis longtemps ?

– Depuis cinq ans, quand Manu a pris ses fonctions ici.

– C'est loin, tout ça. Excusez-moi de vous avoir questionnée. Je cherche de mon côté des explications à d'autres mystères. Puis-je vous poser une dernière question ?

– Allez-y. Manu est toujours un ami. Il ne m'en voudra pas, et je ne sais pas grand chose de plus.

– Vous me disiez que Maurin était un cador. Surtout depuis son retour. Qu'est-ce que vous voulez dire ?

– Oui, c'est ce que prétend Manu. Il y a cinq ans, c'était déjà un bon enquêteur, un type bourru mais chaleureux. Après, il a été redoutable. Manu dit qu'il est clairvoyant, qu'il voit tout, qu'un délit sur lequel il planche se règle en quelques jours. Manu l'admire beaucoup. Beaucoup trop, à mon avis.

– Beaucoup trop ? reprit Grégory, c'est-à-dire ?

– Je ne sais pas. Mais Manu a changé, le passé l'empêche d'être autonome, il est déprimé, avec sa dette d'officier collée aux basques. Quand il parle de Maurin, il a un frémissement de soumission dans la voix… quelque chose qui brille dans les pupilles, vous savez l'éclat du mica quand il casse ? Je ne comprends pas. J'ai de la peine pour lui. Je ne reconnais pas l'homme que j'ai aimé…

Grégory se leva, fit quelques pas dans les travées. Quand il revint vers Pénélope, elle avait repris sa place derrière son portable et tapait silencieusement un article, le dos arrondi par ses souvenirs.

– D'abord, je voudrais vous inviter à déjeuner, dit-il, ensuite j'aimerais rencontrer Manu Gimenez en terrain neutre. Qu'en dites-vous ?

– Du déjeuner ou de l'entrevue avec Manu ?

– Des deux !

Pénélope parut se détendre :

– OK pour le déjeuner. Quant à Manu, je vais voir si je peux le décider.

– Merci. Je reste un peu pour pousser mes recherches, je peux ?

– Faites comme chez vous. Les papiers thématiques sur la criminalité sont classés par saison.

●

Grégory courait. Son Audi A3 ne lui avait jamais autant manqué.

Ce qu'il avait trouvé au *Parisien* ajouté aux révélations de Pénélope le plaçait en ligne de mire. On ne rigolait plus. Si Lise Morel voulait bien lui parler, il saurait si c'était grave. Il fallait foncer, droit dans les emmerdes. Heureusement que Rebecca le croyait au lit, à sucer des pastilles contre la toux.

Le docteur l'attendait. Au téléphone, elle avait été d'abord très circonspecte, à deux doigts de lui raccrocher au nez. C'était une femme courtoise quoique pressée. Mais subitement, le ton avait changé. À quel moment ? Grégory n'aurait pu le dire, cependant quelque chose dans son récit l'avait accrochée.

Je vous attends à la morgue. Vous savez où ça se trouve ? avait-elle demandé. Elle espérait qu'il n'était pas allergique au formol, et que les cadavres ne lui retourneraient pas l'estomac. Parce qu'il y en avait un tout neuf, enfin façon de parler, repêché le matin même, et il ne sentait pas la rose celui-là.

Grégory ne se faisait pas d'idée précise de l'odeur de la mort. Quelque chose d'âcre peut-être et de pourrissant, comme l'haleine d'un vieux chien.

Le taxi quittait le centre. Le front contre la vitre, Grégory essayait de relier les victimes entre elles, de croiser leurs vies. Il ne voyait pas ce qui avait pu décider Lise Morel à le rencontrer, et cette subite invitation le rendait aussi nerveux qu'un rendez-vous chez le dentiste. Son genou tressautait, il le bloqua de la main.

De quelle force mauvaise fallait-il disposer pour tuer, de quelle sorte de peur ? De quelle folie ? De quel cerveau ?

Il se fit déposer devant l'institut médico-légal qui était dissimulé aux regards par une rangée d'ifs noirs.

Voilà qui donne le ton, constata Grégory. Une allée de gravier menait à l'entrée, contournée par un accès de service pour les véhicules. Grégory poussa la porte à double battants. Une dame au visage doux se tenait derrière un bureau ; l'air était chargé d'une vague odeur de désinfectant qu'un énorme bouquet de lys blanc couvrait de son parfum entêtant. Elle lui indiqua un corridor.

Grégory le suivit jusqu'au bout. L'odeur cuisante lui sauta aux narines. La salle était carrelée du sol au plafond et empestait l'eau de Javel. Trois tables en inox miroitaient sous la lumière dure ; des instruments d'examen, des flacons alignés, des scies, des écarteurs, des couteaux, des pinces, des scalpels couchés comme des poissons morts, des lames bleues rangées sur des plateaux par ordre de taille, saillant sous les lampes à incandescence froide. Tout était nu dans ce lieu, de l'éclairage à l'acier, tout était net. Effroyablement net. Grégory avala sa salive.

– Merci d'être venu.

Le docteur Morel se tenait sur le seuil, dans une blouse immaculée. C'était bien la femme qu'il avait bousculée au commissariat. Mais ici, elle avait l'air tranquille de ceux que la mort n'effraie plus.

– J'ai mis une blouse neuve pour vous recevoir, plaisanta le médecin.

– C'est gentil à vous, fit Grégory en pointant son visage du doigt, mais vous avez oublié ça.

Lise Morel portait, rabattu sur son cou, un masque taché de petites projections.

– Mille pardons, venez dans mon bureau, nous y serons plus à l'aise.

Elle arracha sa protection souillée et la jeta dans un container. L'eau moussa dans l'évier en inox.

Ils s'assirent dans une petite pièce attenante, imprégnée de l'odeur caractéristique de l'hypochlorite et du chlorure de potassium. Des dossiers s'entassaient partout, à terre, sur des étagères, sur l'armoire de fer. Lise Morel suivit le regard de son visiteur :

– Tous morts. Pas forcément assassinés, mais bien morts. Le métier de légiste commence par la compassion, Monsieur Marchat.

– Et par quoi finit-il ? osa Grégory.

– Par une couture propre.

Le médecin posa sur lui son regard aigu :

– Quand vous m'avez appelée tout à l'heure, j'ai pensé que vous aviez quelque chose pour moi… Il y a dans votre histoire un détail qui m'intéresse. Sans ce détail, je vous aurais dit de ne pas vous mêler de tout ça. Voyez-vous de quoi je veux parler ?

– Un détail ? Non, je ne sais pas.

– Je crois que cela vous a échappé. Car ce n'est pas aux archives du *Parisien* que vous l'avez noté. Ni au commissariat. Mais devant chez vous.

Quelque chose remua dans sa mémoire. Comme une bête fourrageant dans un taillis. L'arôme montait, il suffisait qu'il se concentre. L'odeur était là, précise, vanillée, pain d'épices et miel fumé, onctueuse, attendrissante et prégnante, une odeur mêlée d'innocence qui mettait en confiance.

– Vous êtes fichtrement bien renseignée. Le tabac... l'odeur du tabac, dit-il à voix basse.

– Exactement. Un tabac particulier, non ? Vous devez le connaître. Le rattachez-vous à quelqu'un ou quelque chose ?

– C'est important ?

– Essentiel, à mon avis. Venez avec moi. Les frigos ne vous gênent pas ?

Le médecin-légiste entraîna Grégory dans une salle réfrigérée. Elle lui tendit un bâtonnet.

– Passez-vous ça sous le nez, ça retardera les nausées.

Le docteur Morel ouvrit un frigo et, d'un geste professionnel, fit glisser vers eux un brancard recouvert. Grégory recula d'un pas, tandis que l'essence de menthe brûlait ses sinus. Le drap fut rabattu à mi-corps :

– Connaissez-vous cet homme, Monsieur Marchat ?

Le cadavre, mat et livide, était encore si arqué qu'on aurait pu le nouer ; par endroits, les chairs semblaient ramollies, marbrées, affaissées sur les os des épaules ; l'épiderme, ridé par son immersion prolongée, pelait abondamment ; les bras rejetés en arrière, le cou tendu et la bouche figée sur un cri témoignaient d'une lutte violente. Il sentait l'excrément, au point de couvrir l'huile essentielle dont Grégory s'était oint les narines. Il couvrit sa bouche : la tête ne tenait qu'à un lambeau de peau. Il se détourna :

– C'est quoi cette horreur ? Pourquoi me montrer ça ? Ce type pue comme une fosse septique, et je ne le connais pas ! Mais qu'est-ce donc qui l'a mis dans cet état ?

– Regardez, dit Lise Morel en saisissant les mains écorchées du mort, regardez ces petites traces sur les poignets. Pas les contusions, ni les pelades, là : des brûlures. Deuxième degré, cinq millimètres de circonférence, imprimées au cigare ou au fer à bout rond, je penche pour le cigare. D'où mon insistance…

Elle repoussa le chariot.

La porte claqua sur le cauchemar.

– On l'a repêché ce matin à l'aube, dans le bassin de décantation de la station d'épuration. Le système d'alarme a été déclenché par le corps coincé sous le brasseur. C'est ce qui a arraché la tête. Vous vouliez en savoir plus, Monsieur Marchat, vous voilà servi. Bienvenue en terre brûlée…

Grégory se réfugia dans le couloir pendant que le médecin séchait ses mains. Personne ne méritait de crever comme ça, dans la merde d'un épurateur.

– Il est tombé ?

Lise Morel le regarda avec douceur :

– Je comprends que vous ayez besoin de consolation. La barbarie humaine n'a pas de limite, Monsieur Marchat. Encore quelques précisions et je vous conseillerai vivement de vous mettre sous la protection de la police. Cet homme s'appelle Egon Marscha. C'est un jeune retraité porté sur les garçons, si vous me suivez. Il a été assassiné il y a une semaine environ. Battu, ligoté, marqué au cigare sur la face antérieure des poignets, les fesses brûlées à l'acide. Il est mort noyé, probablement jeté dans le bouillon, ficelé comme un bouquet garni, mains et chevilles garrottées ensemble, d'une ligature identique à celle de Joanne Marschat. Et quand je vous dis qu'il est mort par noyade, je pèse mes mots. Les résidus trouvés dans ses poumons, son foie, ses reins proviennent des eaux du bassin de décantation. Les mêmes bactéries. Excusez-moi si je suis un peu trop technique. Ce que je veux dire, c'est que cet homme est mort après avoir été jeté dans le bassin. Le rapport d'anatomopathologie est formel, l'arrêt cardiaque est postérieur : le flux sanguin a transporté l'eau jusque dans ses organes. Pour cela, il fallait qu'il soit encore vivant. C'est suffisant pour penser à un meurtrier particulièrement maître de lui. Le lieutenant Gimenez pense que c'est un sadique qui trouve un soulagement profond à agir ainsi. Mais hélas, ce n'est pas tout. Retournons dans mon bureau.

●

Le lieutenant Gimenez entra, le col de son imperméable remonté sur ses oreilles rougies par le froid. Lise Morel sortit une bouteille de cognac et trois verres tulipe. L'ambre de l'alcool s'anima. Ils burent une gorgée ensemble. Manu Gimenez observait Grégory à travers la liqueur.

Le médecin fit claquer sa langue :

– Il y a des moments où il faut se poser. Lieutenant Gimenez, j'ai passé la matinée sur votre client, vous avez lu mon rapport ?

– Oui, et ça vaut bien un remontant.

– Je ne vous le fais pas dire. Celui-là empestait au-delà de tout ce que j'ai pu sentir. Et bien, vous voilà alourdi d'un cadavre supplémentaire. La collection s'enrichit.

– Vous avez d'autres victimes de ce genre ? demanda Grégory, encore choqué.

– Pas de ce genre, mais après recoupement, deux cadavres sur les trois que nous avons présentent ce type de marques, deux ont été attachés de la même manière…

– Deux d'entre eux ont été marqués aux poignets…

– Oui, petites brûlures sur la face antérieure des poignets et ou ligatures spéciales, Monsieur Marchat. Vous commencez à relier les choses.

– Et leur nom… risqua Grégory, à quoi ça rime ?

– On cherche, répondit Manu Gimenez, tous sonnent pareils, c'est un indice intentionnel. Tout comme les brûlures. Mais pourquoi les faire aux poignets ? Il y a des zones plus douloureuses, plus humiliantes. Je suis certain que ça fait partie d'un tout pour le coupable, cette cruauté est très particulière. Elle ressemble à ce que les profileurs appellent une signature. Ne me regardez pas comme ça, toubib, j'ai potassé… Une sorte de « compensation », qui diffère selon chaque tueur.

– Vous ne me soupçonnez plus alors ?

Le lieutenant soupira :

– Je n'ai jamais rien dit de tel. À trop fréquenter de criminels, on finit par deviner qui peut tuer. Même un bon père de famille, même un ado en crise. Seules les femmes maîtrisent leur pulsion de mort. C'est pourquoi elles sont des tueuses subtiles quand elles passent à l'acte. Vous, je ne vous vois pas en assassin, Monsieur Marchat, vous êtes trop transparent pour ça. Par contre, vous pouvez me dire ce que vous avez vu devant chez vous. Ou entendu.

Grégory se redressa. Le cognac avait fait son office, réchauffant ses flancs et son esprit.

– Je n'ai rien vu. Qu'aurais-je pu voir près de chez moi ? Vous avez l'air de croire que j'ai remarqué quelque chose de particulier ! Il y a l'odeur de ce tabac, mais personne à y associer.

– Peut-être un nouveau voisin ? Un passant ?

– Un passant ? Je ne plante pas devant ma porte toute la journée ! Qu'est-ce que vous croyez ?

Le lieutenant Gimenez eut un geste d'agacement.

– Monsieur Marchat, vous êtes aux premières loges… réfléchissez.

Le docteur Morel se racla la gorge :

– Le cigare en question ne doit pas être un barreau de chaise. Les brûlures font à peine cinq millimètres. C'est un cigarillo. La température de combustion de ce genre de tabac est en général plus élevée que celle des cigarettes. Comme le tabac à pipe. Les traces relevées sont à l'analyse, mais il y a peu de chances qu'elles suffisent à l'identifier précisément.

– Du tabac à pipe, voilà ce que je sens depuis quelques jours ! s'écria soudain Grégory, un cigare peut bien être roulé avec ce genre de tabac, non ? C'est peut-être un truc qu'on ne trouve pas ici, en France ?

Les deux autres se penchèrent vers lui.

– Peut-être bien. C'est une piste. Maigre. Mais c'est une piste. Mais comme nous n'avons pas de fumeur à y associer, c'est l'impasse. Pas de mégot non plus. Donc pas de salive, pas de recherche ADN. Pas de marque non plus. Il y a pourtant quelqu'un qui tourne autour de chez vous en fumant ce tabac. Pas un voisin, vous sauriez. Un inconnu.

– Bon, résuma Manu Gimenez, c'est invérifiable pour l'instant. On a donc un cigarillo de marque étrangère, à l'odeur vanillée, plus un inconnu qui tourne régulièrement autour de chez vous depuis deux ou trois jours. Il me faut ce type. Je me trompe peut-être de piste mais je veux pouvoir éliminer celles qui nous retardent. Je compte sur vous pour me signaler immédiatement si vous trouvez le fumeur, même si c'est un voisin inoffensif… Etant donné certaines similitudes, le tueur pourrait être ce fumeur de cigarillo. Méthodique. Très costaud. Un sang froid exceptionnel. Il est intelligent. Ce n'est certainement pas un jeune homme. Trop de maîtrise pour ça. Je n'exclus pas que les indices qu'il sème soient purement et simplement prémédités, tout comme ses crimes. Il connaît la ville et la région par cœur, je parierais qu'il y habite, peut-être qu'il y travaille, qu'il y est né. Il porte une cagoule pour dissimuler un signe particulier qui pourrait le faire repérer et reconnaître. Il a une voiture type Audi de couleur noire, du matériel médical…

– Du matériel médical ? le coupa Grégory

– Il faudrait plus de temps pour tout vous expliquer, Monsieur Marchat, le vieil homme électrocuté l'a été avec un appareillage médical, peut-être un cardiographe trafiqué. Les brûlures de son torse le laissent à penser, le docteur Morel est formelle. On ne peut pas tuer avec un cardiographe « normal ». Quant à Madame veuve Marschat, tout porte à croire que le meurtrier a été interrompu dans son mode opératoire, câble électrique mais pas de brûlures. On peut supposer que c'est le même homme. Rien ne le confirme, mais je le pense sérieusement. Maurin aussi d'ailleurs.

– Que fait-il donc au fait ? demanda Lise Morel, je croyais le voir avec vous.

– Il m'a envoyé paître. Vous connaissez son style, doc, quand il chasse, il a besoin d'espace. Faut pas lui coller au train. Il m'a dit qu'il cherchait un vétérinaire et une Audi. C'est sa manière, ironisa le lieutenant. Vous savez qu'il est à deux doigts de la retraite, n'est-ce pas ? On est huit sur cette affaire, pas besoin qu'il soit de toutes les missions. Il suffit de le briefer deux minutes pour qu'il comprenne. Bon, assez de suppositions. Voici mon numéro de portable, Monsieur Marchat. À la moindre alerte, vous m'appelez. Je mets un homme sur le type au cigare. Surveillez vos arrières. Et restez en ville. Je veux vous avoir sous la main…

– D'accord, répondit Grégory, une dernière chose cependant. Vous dites qu'il a du matériel médical… Ce n'est pas forcément un médecin pour autant, n'est-ce pas ?

Lise Morel se mit à rire et vida son cognac d'un trait.

Ils se levèrent. Manu Gimenez tenta un sourire en rentrant ses épaules.

L'ombre des ifs tremblait sur le gravier. Il faisait nuit noire. Grégory releva son col sur ses joues en feu et traversa les rayons poudrés des projecteurs. Une petite fièvre revenait à la charge ; sa nuque douloureuse lui fit presser le pas.

●

Le poste de télévision débitait en sourdine les infos du soir. Clément ne répondait pas au téléphone. Rebecca avait laissé un message enthousiaste, les vacances se passaient bien et elle lui rapportait une surprise, disait-elle enfin sur un ton mystérieux.

Grégory se rendit compte qu'il ne tenait pas en place, qu'il ne passerait pas la nuit seul dans cet état de nervosité. Il piocha frénétiquement dans le paquet de chips. Le journal télévisé finissait. Grégory referma la fenêtre. Sur l'écran, des mannequins défilaient, déhanchés, tout en cuisses, les seins libres sous des étoffes lacérées, le regard dur posé loin devant. Et quand elles repartaient en sens contraire, les muscles longs de leurs jambes de girafes peintes frémissaient de lumière pailletée. Grégory suivait le balancement artificiel des hautes silhouettes perchées sur des talons aiguilles, lorsqu'il remarqua soudain, dans le dos de l'une d'elles, le mot Eve tracé en blanc. Alors qu'elles s'éloignaient sur le podium, il s'aperçut qu'elles étaient toutes marquées à même la peau de ce nom suivi d'un numéro. Elles étaient sept. Eve 7 disparut, avalée par le rideau. Grégory eut un flash.

Il lâcha les chips et se précipita sur ses livres. Mais où l'avait-il donc mise ? Sous les Agatha Christie, les magazines FHM, derrière les Stephen King, les BD Manara ou à côté de la collection DVD Dragon Ball Z ? Loin, planquée après les Poches, enfouie. Le dictionnaire lui écrasa les pieds. Elle était là, la Bible trouvée sur le paillasson par Clément. L'idée, subite, persistait et le chiffre sept ne le lâchait pas. Il ouvrit l'ouvrage au chapitre de la Genèse. Eve. Créature de Dieu, conçue à la fin du commencement. Après sept jours de création. Non pas sept, mais six. Six plus un. *Six plus un.* Nom d'un chien, six plus un ! Sept jours. La semaine. Compte. Il reste deux jours. Les mots se percutèrent. Il eut un frisson. Comment relier tout cela ? Ce n'était que des bribes, des miettes que l'intuition et le hasard mettaient en contact.

Pénélope répondit dès la première sonnerie :

– Pénélope, nous déjeunons ensemble demain, mais j'ai besoin de savoir tout de suite si le prénom d'Eve vous dit quelque chose... journalistiquement parlant, si vous vous souvenez d'une série de sept délits, n'importe lesquels, ou d'un événement lié au chiffre sept, si vous avez eu connaissance d'un fait divers, sept accidents, je ne sais pas, sept jours de malchance, sept ans de malheur ? Parce qu'il y a sept filles à la télé qui portent le nom d'Eve sur le dos et que je viens de retrouver la Bible... ou alors six... une série de six personnes...

– Bonsoir Grégory, il ne faut pas forcer sur la vodka quand on est enrhumé, vous savez ! Vous devriez vous reposer...

– Non, non, non, je n'ai rien bu ! Je ne plaisante pas, les choses ne sont pas dans le bon ordre, mais…

– D'accord, le coupa Pénélope, on reprend tout depuis le début. Calmement. Si ça vous tente, j'arrive. Qu'en dites-vous ?

– Oui, ça me tente. Je crois que j'ai besoin d'une présence amie…

●

Il était vingt et une heures quinze quand Pénélope débarqua.

– Vous avez l'œil brillant, c'est à mettre sur le compte de la fièvre ? lui demanda-t-elle.

Elle avisa le paquet de chips entamé sur le canapé :

– Bon. Vous avez dîné d'une poignée de ces choses toxiques, en tournant et retournant dans cette pièce, vous avez relu la Genèse, gambergé sur trois ou quatre articles de presse et fait monter votre taux d'adrénaline avec sept grandes bringues montées sur échasses, numérotées de un à sept. Grégory, vous ne savez pas vous servir de votre intuition. C'est le problème de beaucoup d'hommes. C'est dommage parce que vous êtes bien pourvu… Je parle de votre intuition, bien sûr… Alors, voilà de quoi apaiser votre estomac, premièrement.

Joignant le geste à la parole, Pénélope posa sur la table basse un assortiment de nems et de bouchées vietnamiennes. En un tour de main, elle les servit de menthe et de laitue fraîche, disposa le repas rapide sur un plateau, avec les petites sauces pimentées. Enfin, elle sourit en s'asseyant.

Grégory, vaincu par de si touchantes attentions, s'assit à son tour. Ils mangèrent lentement en buvant du vin. Cela lui fit un bien fou. Pénélope respectait l'instant de silence. C'était tellement apaisant. Elle fit le tour du deux pièces du vingt-deuxième étage, appréciant la décoration, examinant les livres, les disques d'electro et Rn'B, s'excusant de se montrer si curieuse ; Grégory la laissa faire, amusé par ses exclamations. Le très grand poste de télévision, le rétroprojecteur, le bar d'angle, le balcon avec une jolie vue : rien n'échappa à Pénélope qui, tout en déambulant, relevait le côté ordonné de Grégory, reconnaissant les manies de l'homme célibataire et les traces légères de l'existence d'une petite amie. Ses commentaires subtils le relaxèrent, lui rendant le sourire et le rire. Son humour, fin et décalé, lui fit l'effet d'un vieux rhum. Alors, il posa un bloc et un crayon à côté de lui ; les mots ne se bousculaient plus ; il revint sur sa journée et sur les images du défilé de mode ; enfin, il lui lut le premier chapitre de la Bible.

– Si je n'avais pas été confrontée à des dizaines de faits divers effrayants, et si je ne vous connaissais pas du tout, Grégory, je vous prendrais pour un paranoïaque en crise. Si j'ai bien compris, vous êtes en train de me dire que vous avez des intuitions sérieuses mais que vous ne savez pas quoi en faire, c'est ça ? Et vous voudriez que je fasse sortir de mon chapeau magique un sept de pique par exemple ?

– Vous vous moquez de moi. Je sais que ça paraît fou, mais celui qui me téléphone tous les matins cite la Bible, je l'ai sous les yeux, c'est écrit noir sur blanc, *il y eut un soir, il y eut un matin*. C'est ce qu'il me serine depuis lundi. Plus trois cadavres. Des Marchat ou presque. Des brûlures au cigare. Un inconnu sur mes talons. Le dernier meurtre a eu lieu un jeudi. Qu'est-ce que ça veut dire ? Est-ce que je suis sur la liste ? Je suis pas une mauviette, Pénélope, mais il y a quelque chose qui me met les nerfs en pelote. Vous comprenez ?

– D'accord, Grégory. Vous avez réussi à me faire peur. Il faut appeler Manu et Maurin. Tout mettre à plat. Je vais chercher dans mes données. Est-ce que ça peut attendre demain matin ?

– Oui, au point où j'en suis, je ne vois pas quoi faire de plus maintenant. Et merde ! La morgue m'a fichu le cafard…

– Je connais… C'est un endroit spécial. Difficile à affronter. Je vous promets de creuser la piste des sept demain matin. C'est flou, mais l'intuition est un guide que je ne néglige jamais. Rejoignez-moi aux archives à dix heures, ça vous va ? D'ici là, ne faites pas de conneries. Attendez demain que le lieutenant Gimenez vous entende. Ne jouez pas avec le feu. Ma visite ne concerne que nous. Je ne souhaite pas que Manu apprenne que je suis venue chez vous le soir. Je peux compter sur vous ? Promis ?

– Promis, murmura Grégory. Je vais prendre un somnifère et m'offrir un roupillon synthétique. Je vous remercie. Vous êtes une femme surprenante, Pénélope… je n'arrive pas à savoir qui vous êtes…

Après le départ de Pénélope, Grégory débrancha le répondeur et le téléphone. Ce salaud ne lui referait pas le coup du prédicateur fou.

Il s'endormit, vaincu par la fatigue et la chimie, la lumière allumée, la Bible ouverte à la Genèse sur le ventre.

•

A minuit cinq, un homme en long pardessus noir s'avança silencieusement jusqu'à l'avenue Jean Jaurès et déposa un paquet. Il repartit presque aussitôt en direction du centre-ville.

A deux heures trente du matin, dans une maison cossue de la rue du Faubourg Saint-Honoré, un dénommé Edmond Marschas s'affalait sur le parquet à chevrons de son salon, après une injection de Fentanyl. Il fut transporté à dos d'homme dans une housse plastique jusque dans le coffre d'une 406 vert émeraude, sans que personne n'en soit témoin. Sa respiration ralentie n'en était pas moins profonde. Une bosse comme un œuf de pigeon gonflait sur son front. La porte de son domicile fut soigneusement refermée à clé, en silence.

À cette heure-là, tout le monde dort.

Beatus vir qui timet Dominum.

Oui, heureux l'homme qui craint Dieu. Jusqu'à ce que Dieu décide que c'en est assez de cette foi stérile, qu'il lui ouvre les yeux et ferme son cœur. Que le rideau s'entrouvre sur l'enfer. Que l'inconscient déboule dans sa vie comme une tempête de sable, et se mette partout, dans toutes les failles, tous les vides, même les plus infimes. Que le serpent pleure lui aussi, de ces larmes urticantes que le foehn ravive.

J'en fais quoi, moi, de cette fureur ? Pourquoi n'ai-je jamais eu la force de les empêcher de nuire ? Pourquoi n'ai-je jamais crié ou couru dans la rue, saisi la première jupe venue, ça ne pouvait pas être pire, pourquoi n'ai-je pas pu enfouir mon visage dans des mains inoffensives et y essuyer mes joues salées ? Pourquoi, mon Dieu, m'ont-ils agenouillé devant la baignoire ? Pourquoi ces prières avant de faire ces choses ? Pourquoi ces signes de croix sur mon front, cette eau bénite coulant sur mes épaules, pourquoi ? Pourquoi tuer le chiot, et embrasser le Livre après ? Pourquoi, Grand Dieu, m'embrasser soudain et m'emmener au cinéma avec tant de précautions ? Pourquoi se montrer si affectueux dans la rue et me gaver de gâteaux ? Ils se sont joué de mon cœur d'enfant. Ils ont pris mon innocence pour un laboratoire, testant ma résistance, mes larmes et ma peur le soir, mon indulgence, ma joie et mon pardon le jour. Je veux des réponses, tombant drues, une pluie de réponses sur ma plaie intime ; je veux que la balance s'équilibre, que les pendules s'arrêtent, et que le soleil se lève la nuit ; Je veux le feu dans l'eau, l'eau dans tous les brasiers, la terre pleurée depuis les nues, les nues crevant les champs de balafres boueuses ; je veux les fauves comme des agneaux et les agneaux comme cerbères ; et au-dessus, les portes de bronze qui ferment le ciel et grondent quand Il parle. Je veux voyager dans le temps et m'empêcher de naître. Il m'a donné un moyen... Punio frigide. Je châtie froidement.

5

*Elle est encore belle, Emeline. Ses vingt ans sont loin,
pourtant elle a gardé quelque chose de terriblement enfantin
dans le regard. À force de l'observer, il a vu l'eau limpide de
ses yeux, tellement claire que c'est insoutenable. Il l'a giflée
une première fois pour voir si l'eau se troublait. Elle est juste
un peu plus effrayée. L'étonnement s'ajoute à sa peur. Il la
gifle encore ; sa joue se marbre mais ses yeux sont toujours
ceux d'un enfant.*

*Il l'a attendue à la sortie de la discothèque où elle va
danser tous les vendredis soirs. Il sait qu'elle ne reste pas
tard. Mais elle aime danser ; il a vu comment elle bouge au
milieu des autres : une feuille de saule argenté dans le vent.*

*Elle a l'âge d'une mère. Pourtant, elle vit seule et n'a pas
d'enfant. Elle vend des ouvrages rares dans une petite
librairie spécialisée.*

*Sur le parking, tout à l'heure, il a pris des risques
insensés. On a pu le voir, malgré sa tenue sombre. Deux
minutes pour agir, pas une seconde de plus. Il est presque une
heure du matin. Elle a cherché ses clés devant sa voiture et
son portable a sonné au moment où il l'a assommée. Elle a
tout lâché en glissant à terre. Son sac s'est ouvert et des objets
ont roulé sous le capot. Surtout ne pas perdre son calme. Le
portable s'est tu sous le coup de talon. Son corps est léger, une*

plume sur son épaule. Le coffre l'avale, les menottes serrent ses poignets, le chiffon est enfoncé dans sa bouche. À fond. Ramasser ses affaires n'a aucune importance. Sauf si elle l'a repéré avant ce soir. Ceux qui ont ce regard enfantin ont un sixième sens. La méfiance et l'anticipation sont de mise. Alors, il va pêcher les petites choses qu'on trouve dans le sac des dames, au jugé d'abord, puis dans le rai de sa Maglite. Un tube de rouge à lèvres, des clés, un Tampax. (Des pas sonnent sur l'asphalte). Un Opinel. Un coquillage. (Des rires fusent). Une barrette. Il éteint sa torche. Un tube de paracétamol. (Ils sont deux, bourrés comme des coings, et s'éloignent). Un petit miroir de poche. La Maglite rase le sol. Une boulette de papier. Il faut partir. Car, là-bas, les portes s'ouvrent et la musique brute se déverse, l'espace de quelques secondes. Puis tout s'éteint.

La gravière est déserte. Pas de vent, pas de pluie. Pas de ciel non plus. S'il ne sentait pas les graviers crisser sous ses pas, il n'y aurait pas plus de terre que de ciel. C'est un abîme à l'envers. Un préambule au néant. L'infini est là, dessous, dessus, inerte, fusion de rêves en ruban.

Le coffre s'ouvre en même temps que la veilleuse s'allume. La Maglite lui ferme les yeux. Vite, il recouvre le visage de sparadrap, quatre, cinq tours, la bande est assez large pour tout recouvrir. Juste un peu d'air pour les narines. Juste un tout petit peu, son souffle rapide sur ses doigts, et la vibration de ses cris, et sa gorge qui gonfle, et ses épaules qui ruent. Le fil électrique scie ses bras et les lie à ses chevilles. Il ôte les bracelets. Elle se fatigue, à se contorsionner ainsi. Lui aussi respire fort, la maintenir est difficile. Mais elle ne peut plus se replier, ni se relever. Sa tête tourne, cherchant l'air froid où elle pousse ses plaintes. Il a dévissé son rouge à lèvres, l'a humé, et a badigeonné l'emplacement de ses yeux et de sa bouche. Quand le cigare a été chaud, il l'a marquée à chaque poignet de son sceau. La douleur la cambre. L'odeur écœurante a rempli le coffre ; il l'a mouillée d'essence et elle s'est mise à mugir si fort qu'il a regardé autour de lui. Ses gants, il les a jetés dedans ; le bidon aussi ; le sac, avec toutes les petites choses que trimballent les femmes. Avant de partir, il a arrosé les sièges et vérifié que la voiture était vide. Il l'a regardée haleter un bref instant, a rallumé son cigare, en a tiré deux bouffées profondes qui l'ont rougi sur un centimètre. Et, d'une pichenette, il l'a envoyé dans le coffre.

La voiture s'est embrasée, or et bleue, et l'eau noire à dix mètres de là a reculé sous le souffle. Une fournaise. Lux fiat.

Et de cinq. In nomine Coelum.

Cinquième jour

Grégory se réveilla en sursaut. Une lumière blanche, presque épaisse, emplissait la pièce. Trop de lumière, pensa-t-il lentement.

La langue pâteuse, il se souleva sur ses coudes. Les chiffres lui sautèrent à la figure. Et merde !, murmura-t-il, c'est pas vrai... Qu'est-ce qui m'arrive ?

Avisant la boîte de somnifères, il soupira. Sa montre *Lancel* marquait quatorze heures. Seize heures d'inconscience avec deux cachets de cette saloperie. Une imprudence... Et dans sa somnolence, encore suspendu entre conscience et inconscience, persistait une odeur d'épices douces, égarée, entre rêve et réalité.

Il lui fallut plusieurs minutes pour se lever. Le téléphone et le répondeur étaient débranchés. L'autre cinglé n'avait donc pas pu le réveiller... Finalement, ce n'était pas plus mal... Sauf si l'homme était susceptible...

Grégory rebrancha les deux appareils, mais il fut incapable de sortir de sa torpeur. Rien n'y fit, pas même un café. Sa gorge lui faisait mal. Il opta pour l'immobilité, après avoir appelé Pénélope.

– Je suis vidé, je crois que j'ai mal dosé le somnifère...

– Reprenez des forces, mais ne sortez pas. Manu est inquiet. Je le sens. Quelque chose ne colle pas... Vous ne bougerez pas, n'est-ce-pas ?

Grégory promit, l'œil toujours dans le vague.

– OK, de toutes façons, je dors debout...

Il alluma la télévision et laissa s'écouler les images sans les décoder le reste de la journée, même pendant les "real TV". Le sommeil le reprit par intermittence. Le temps passa sans le toucher, comme un yacht sur une ligne d'horizon, loin. Attendre lui parut reposant. Il eut à peine le courage de se rendre à sa boîte aux lettres. Il y avait quelques enveloppes et un paquet. Une carte y était agrafée. « Pour vos bonnes œuvres », lut-il précipitamment. Dedans, une paire de baskets quasi neuves. Sur le coup, il ne fit aucun rapprochement, l'esprit bien trop embrumé pour y voir un quelconque message. Vaguement, lui revinrent en mémoire les sollicitations pressantes d'une voisine férue de récupération : « Vous savez, Monsieur Marchat, ça fait toujours des heureux parmi les gars de la rue… ». OK. Il apporterait ça au Secours Populaire plus tard. Pour l'instant, il voulait juste qu'on lui fiche la paix. D'ailleurs, il n'ouvrit même pas le reste du courrier. Jamais il ne s'était senti aussi indifférent. Tout dans sa vie lui sembla creux : sa passion pour son boulot, la hi-fi, la vidéo… son aversion pour l'hypocrisie, le mensonge, et les grosses, son complexe vis-à-vis de son double menton qu'il voulait faire liposucer, son regret de ne pas avoir obtenu son Baccalauréat du premier coup, et même son désir profond d'être riche… À vingt-deux heures, il jeta les somnifères dans les toilettes, s'allongea sur son lit et, avant de s'endormir, décacheta la lettre qu'il avait reçue le matin même :

Toulouse, le 27 novembre

Notre très cher frère,

Il y a longtemps que nous n'avons pas eu de tes nouvelles... tu travailles tellement... et nous n'habitons pas à côté.

Nous espérons que tout se passe très bien pour toi, et que tu viendras à Toulouse pour les fêtes de Noël.

Nous t'attendons avec impatience.

Gros bisous,

Lauriane et Laetitia.

Sixième jour

J'ai pensé le tuer tout de suite, mais il est trop tôt. Pas d'impatience. Et puis, je me suis dit qu'une première loge, ça se méritait. Faut qu'il en chie davantage, le petit. Faut qu'il s'approche de la fosse, qu'il sente la peur lui nouer les boyaux. Faut que ça se torde là-dedans, pour que sa figure l'imprime. Il est pas encore crédible. Même les poulets doutent de lui. Travailler la sincérité, l'émotion ! J'ai une scène de choix pour lui. Il va adorer ! En attendant, il peut toujours continuer à voir la blonde. Je vois bien que ça le détend. Ça m'est bien égal. Pas de hargne pour moi. De la rage, oui, mais froide. Contrôlée. Précise. Et ne pas s'attacher. À rien, ni à personne.

La liberté à l'état pur. Dieu seul me voit.

•

C'est la nuit qu'il prépare la scène. Méthodiquement. Sans affect. La nuit gomme les contours et les inhibitions.

Pas d'alcool. Jamais.

Marschas tremble quelque part dans une cabane de chasseurs : roulé, saucissonné dans une couverture. Du câble électrique cisaille ses poignets brûlés au cigare. L'odeur du tabac s'est mêlée à celle, écœurante, de la chair grillée.

La figure osseuse a blanchi sous le chatterton. On ne voit que ses yeux pâles qui oscillent de gauche à droite. L'ombre du grand type les obscurcit de temps en temps, alors qu'il serre les pieds nus dans un sac poubelle.

– Faudrait pas que tu t'enrhumes, Marschas.

Et l'autre a un hoquet de terreur qui fait gonfler les veines de son cou.

– J'aime pas tes pieds, Marschas, grogne le colosse, t'as des panards de grand duc. Tu dois pas marcher beaucoup. Ton chauffeur va devoir se recycler, tu sais...

Et il remet son manteau sombre. Et il se retourne avant d'éteindre la lampe à gaz.

– Sois sage, comte de mes deux, je vais revenir te border. T'as pas peur du noir au moins ?

Dehors, le bois avale la nuit comme de la sève. Il s'y enfonce les yeux fermés.

Le café était un vrai jus de chaussettes, le pain était dur, le joint du mitigeur du lavabo avait encore lâché, et le fou avait appelé six fois depuis cinq heures. Impossible de le détourner de son message, toujours la même litanie récitée de cette voix si particulière, malgré la distance et l'impression d'une légère distorsion. La cassette tournait. Tendu, Grégory avait décroché au sixième appel. Et soudain, une onde l'avait traversé : « Je sais que tu es là, Grégory Marchat, même si tu t'isoles... Ne lutte pas. Ne fuis pas. Il reste un seul jour. Un jour... c'est si peu. Un jour. Que faire d'un jour ? Que faire d'un dernier jour ? Ne réfléchis pas. Ne perds pas de temps. Ne cherche pas. Ne cours pas partout comme ça. Tu vas me faire pitié. C'est inutile. Vis. Vite. Il y eut un soir, il y eut un matin. Et cela était bien. Compte les heures. »

Grégory retomba sur le canapé, le regard brouillé, les jambes molles. L'écho de la voix mettait trop de temps à disparaître ; non, pas un écho ! un chant ! l'autre chantait ! et son chant imbibait son cerveau, précipitant son angoisse et la laissant sans force, comme empoigné par un rêve, la tête prise dans une mâchoire. Cela dura deux ou trois minutes pendant lesquelles il eut l'impression de se débattre. Une crainte irrationnelle raya sa conscience de minuscules interférences douloureuses, des piqûres de méduses microscopiques ondulant dans sa nuque ; les sons creusèrent dans la matière ; il chercha son souffle et son cœur s'emballa ; il lui fallut recourir à ses muscles, et, comme s'il se noyait, donner un coup de talon au fond du malaise, retenir sa respiration et chercher la lumière là-haut... Quand il retrouva ses esprits, le téléphone bipait à ses pieds. Il n'était plus question d'attendre les événements. Luttant contre une étrange nausée, il put enfin se tenir debout, et, soudain stimulé par une montée d'adrénaline, il s'habilla, fourra la cassette du répondeur dans la poche de sa veste en cuir et claqua la porte.

D'abord, récupérer sa voiture, puis trouver Manu Gimenez. En sortant, son pied heurta un objet qui roula à quelques centimètres du paillasson. Surpris, Grégory se pencha : c'était un cigarillo encore sous cellophane. Il sentit son échine se glacer. S'accroupissant, il le saisit d'un doigt dégoûté. Collée sur l'emballage, il y avait une ligne de texte imprimé découpée dans un livre, des mots minuscules qui disaient « il y eut un soir, il y eut un matin, ». Grégory jura. Ce n'était pas une plaisanterie. Il était sur la liste d'un malade. Il sortit de chez lui en courant.

●

– Moi, j'veux bien, Monsieur Marchat, mais y'a l'petit qu'a dit qu'vous êtes déjà passé…

Grégory, éberlué, ne trouvait pas les mots pour protester.

– Je vous répète que mon apprenti est en congé pour dix jours ! Vous êtes passé hier, à l'ouverture, et c'est le petit qui ouvre ! Il est pas idiot !

Grégory se frotta le front. Voilà que les emmerdes se multipliaient. Sa Audi avait disparu. Et il était censé l'avoir récupérée la veille ! C'était un cauchemar… Il allait donc se réveiller. Mais le garagiste en remettait une couche :

– Ben, oui, Monsieur Marchat, vous aviez vos papiers en ordre, tout était réglo, le petit a pas rêvé quand même !

– Putain de merde ! Votre apprenti ne m'a jamais vu ! Il a donné ma voiture à un inconnu !

– Ah, doucement ! Un inconnu, comme vous y allez ! Avec vos papiers, carte grise et tout le tintouin, le petit a fait comme il faut ! Alors, me cassez pas mon personnel, Monsieur, s'il vous plaît ! !

Pris d'un doute, Grégory fouilla aussitôt ses poches. Pas de papiers. Nulle part. Dans sa veste en cuir non plus. C'était le pompon.

– J'peux rien faire de plus, Monsieur. Votre voiture était prête. On a même nettoyé l'intérieur comme vous l'aviez demandé, sauf la boîte à gants, comme vous aviez dit.

Grégory sursauta :

– La boîte à gants ? Nettoyé l'intérieur ? Qu'est-ce que c'est que cette histoire ?

– Ecoutez, Monsieur Marchat, je sais pas si vous êtes bien réveillé, j'sais bien qu'il est tôt, mais vous avez téléphoné pour qu'on passe l'aspirateur partout et qu'on décrasse les sièges…

– J'ai jamais téléphoné !

– J'vous assure que si, y'a deux jours ! Vous avez dit de nettoyer, sauf la boîte à gants ! D'ailleurs, à ce propos, j'aime pas trop les plaisanteries de ce goût là. J'aurais pas mis mon nez dans vos affaires, mais elle s'est ouverte, vot' boîte à gants… Y'a pas idée de laisser traîner des trucs dangereux à la portée de n'importe qui, j'veux pas savoir ce que vous faites, Monsieur, c'est pas mes affaires…

Grégory lui saisit le bras :

– Quoi ? Quels trucs ? Et merde ! Je cauchemarde ! Expliquez-vous !

– Lâchez-moi, Monsieur. Vous vous souvenez pas du contenu de la boîte non plus ?

– Y'avait des cartes routières, un paquet de Carensac, mes bonbons préférés…

– Ouais, et un flacon de chloroforme, c'était écrit d'ssus, j'aurais pas deviné, du coton, une petite bouteille d'acide sulfurique, des gants de caoutchouc dégueulasses, une vieille seringue, et un bout de barbaque immonde dans un sac en plastique. Le p'tit en a vomi dans un coin ! J'crois que j'veux plus vous voir, Monsieur Marchat.

– Ce n'est pas moi qui suis venu hier matin, je vous assure, martela Grégory, c'est impossible, j'étais souffrant ! C'est une histoire de fou ! Il faut que je voie votre apprenti ! On a volé mon Audi A3, et ces objets ne m'appartiennent pas !

– Ecoutez, je ne sais pas quoi penser de tout ça, si c'était pas vous, alors c'était qui ce type en veste en cuir marron, avec des gants marron et une écharpe comme les vôtres ? Je ne sais pas pourquoi mais le gamin en a eu une trouille bleue. Moi si tout est réglo, je livre ! Le petit a fait son boulot, pas plus pas moins. La note est réglée. En liquide. Nickel. Mon arpette est en congé, j'vous l'ai dit, et il est pas du coin ! J'peux vous donner son numéro, mais pas avant que la police ait mis son nez là-dedans. D'ailleurs, j'ai déjà appelé les flics. J'ai rien à cacher moi. Mon affaire est propre, c'était pas le cas de votre boîte à gants, ça m'a sacrément refroidi !

Grégory fit demi-tour, la colère au ventre :

– OK, j'y vais de ce pas à la police, mais je vais revenir, soyez-en sûr ! Contactez votre apprenti, s'il vous plaît, c'est très important !

Plus de papiers. Plus de voiture. Un cigare dans la poche pour seul indice palpable. Son crâne lui faisait un mal de chien. Quand il poussa les portes du commissariat, le lieutenant Gimenez et le capitaine Maurin se tournèrent vers lui d'un même élan.

– Content de vous voir, Monsieur Marchat. On peut dire que vous tombez à pic.

●

La voiture banalisée roulait depuis dix minutes. Le capitaine Maurin conduisait et le lieutenant Gimenez s'était assis à l'arrière. Avec ironie, Grégory nota mentalement qu'il occupait la place du mort. À peine installé, il avait commencé le récit de sa très désagréable matinée. Les deux policiers, étrangement silencieux, se contentaient de ponctuer son récit de coups d'œil en biais. Dans le rétroviseur, Grégory voyait le visage du lieutenant Gimenez s'assombrir. À sa façon de froncer les sourcils, il devina que quelque chose ne tournait pas rond.

– Vous pouvez me dire enfin où nous allons si vite ? Il y a d'autres surprises ?

– Vous allez être fixé, Monsieur Marchat, répondit le capitaine Maurin. Nous avons eu une petite conversation avec votre garagiste. Un type prudent. Dites-moi, reconnaissez-vous cette route ?

Ils s'engagèrent sur une départementale. Grégory s'agita sur son siège, pris de colère :

– C'est la route du parc des Buttes-Chaumont, je crois, où allons-nous à la fin ? Vous m'embarquez comme si on allait rater un train, vous ne dites rien ! J'ai le droit de savoir ce qui se passe, non ? C'est vraiment une journée de merde ! On me téléphone six fois pour me menacer, on me vole ma bagnole et mes papiers ! Et c'est moi qu'on embarque d'autorité ? J'y crois pas ! Ah ! j'oubliais ! j'ai trouvé ça sur mon paillasson ! Peut-être que ça vous rendra la parole ?

Il brandit le cigare sous le nez de Maurin.

– Nom de Dieu, lâcha Manu Gimenez dans un souffle.

Maurin pila sur le bas-côté.

– Le cigare ? Qu'est-ce qu'il y a dessus ?

Le capitaine Maurin déplia un mouchoir d'un geste expert :

– Bien sûr vous l'avez saisi sans précaution ?

– Je suis pas flic, ça ne m'est pas venu à l'idée, j'étais sous le choc…

Le lieutenant Gimenez se pencha entre les deux sièges :

– C'est trop tard, vos empreintes sont partout, surtout sur du cello. Faites voir… Hum, intéressant, il y eut un soir, il y eut un matin… Votre fada fait des émules ou bien c'est le même. Si c'est le cas, c'est notre client… et vous êtes sur sa liste. Fallait le dire tout de suite, Monsieur Marchat.

Maurin reprit l'objet, le huma avec une certaine satisfaction, le fit tourner devant le pare-brise, rapprocha de ses yeux la minuscule impression sur la bague plastique :

– Middleton's Black and Mild, USA. Importation illégale. Je m'y connais, ce truc n'est pas vendu en France. Diamètre approximatif six millimètres. À vue de nez texture épaisse, à l'origine c'est du tabac à pipe.

Manu Gimenez sursauta imperceptiblement. Le vieux flic ne fumait pas. Encore un de ses talents holmésiens. Il intervint prudemment :

– Ouais. Quant au collage, on dirait un papier très fin, genre papier Bible, découpé soigneusement entre deux ponctuations, regardez, il y a un point, là.

Aussitôt, Grégory se retourna vers lui :

– Justement… à propos de Bible, oh et puis… Et merde ! Vous allez encore me prendre pour un parano…

– Plus maintenant, fit le lieutenant Gimenez.

Le capitaine Maurin grogna pour l'inviter à poursuivre tout en remettant le contact. Le soleil émergea d'un ballot de nuages et inonda l'habitacle. Il rabattit son pare-soleil d'un geste d'agacement. Les gravillons crépitèrent sous la voiture lorsqu'il redémarra.

●

L'eau de la gravière frisait sous un léger vent de travers. Maurin arrêta la voiture. L'air était vif, saturé d'une lumière

101

d'aluminium que le froid semblait polir. Manu Gimenez interpella Grégory :

– Venez voir.

Grégory lui emboîta le pas, intrigué mais vaguement mal à l'aise. Ils escaladèrent la butte de graviers. Là, sur le terre-plein, gisait la carcasse calcinée d'une Audi A3 effondrée sur ses jantes, coffre ouvert et capot tordu par l'incendie, dans des noirceurs de plastique fondu et des coulées de verre. Son Audi A3 ?

– On a retrouvé votre voiture. En l'état. On appelle ça un barbecue, dans notre métier.

Grégory, pétrifié, regarda autour de lui à la recherche d'un appui :

– Quand ? Comment ? Qui ?

Le capitaine Maurin s'avança :

– Ce matin, très tôt. Le type qui conduit la pelle mécanique nous a appelés. Le problème, c'est qu'il y avait quelqu'un dedans. On vous a épargné cette vision. Une femme. On a tout nettoyé, récupéré tout ce qui était récupérable, le légiste est dessus, enfin sur ce qui reste.

– Je veux bien qu'on vous ait volé votre voiture, intervint le lieutenant Gimenez, mais elle a servi de plat à gratin, c'est ennuyeux.

– Alors voilà, reprit le capitaine Maurin, on va retourner au poste, et on va discuter…

– Je vois, il va falloir que je me justifie une fois de plus. C'est moi qu'on vole, c'est moi qu'on menace, et c'est moi qui trinque !

Le capitaine Maurin s'éloigna lentement en haussant les épaules :

– C'est la procédure, Monsieur Marchat. Vous n'avez plus de papiers, une femme est morte brûlée dans votre voiture, vous êtes en possession d'un cigare peut-être identique à celui qu'utilise notre client pour torturer ses victimes, votre garagiste peut témoigner que vous possédiez une substance chimique hautement corrosive et d'autres saloperies dans votre véhicule, pour quoi faire ? Je m'interroge, je m'interroge !

Le lieutenant Gimenez creusa le sol de son talon et soupira :

– Restez calme, c'est la routine, c'est tout, mais vous êtes une pièce du puzzle, Monsieur Marchat. Il vaudrait mieux pour vous que ça soit la bonne. Le capitaine traite toujours les affaires avec froideur. C'est pas un sentimental. On peut pas être tendre dans ce genre de drame. Vous n'êtes malheureusement pas en position confortable…

Grégory ne répondit pas. C'était bien ses plaques d'immatriculation. Il fit le tour de la carcasse, recula devant le coffre béant et l'odeur âcre qui imprégnait le métal noirci. Il ne comprenait pas comment il avait pu être mêlé à cette horreur. Quant au pourquoi, même s'il chassait cette idée de son esprit, il avait peur d'être pris pour un autre. À cet instant, il se sentit très seul :

– Est-ce que je suis suspect ?

Manu Gimenez pointa du menton vers la voiture où Maurin attendait :

– Si vous pouvez nous dire ce que vous avez fait cette nuit et le prouver, non. Dans le cas contraire, je crains que ça se complique salement.

– Maurin me soupçonne…

– Le capitaine Maurin a une maxime : il dit « je ne cherche pas, je trouve ». C'est son job de soupçonner les personnes qui se trouvent sur ou autour de la scène d'un crime. C'est juste son job. Venez maintenant.

●

– Je récapitule, annonça le capitaine Maurin en dépiautant son troisième chewing-gum, vous dites que vous avez passé la journée et la nuit dernières chez vous. La veille, vous êtes resté plus d'une heure à la morgue en compagnie du docteur Morel, laquelle confirme, ainsi que le lieutenant Gimenez ici présent. Vous êtes rentré aux environs de sept heures, vous ne pourriez le préciser, étant, dites-vous dans un état émotionnel perturbé, et fiévreux du fait d'une petite grippe. Vous n'avez vu personne, en dehors d'une jeune femme que vous persistez à ne pas nommer. Puis vous vous êtes endormi après son départ vers minuit. Très bien. Hier, vous étiez souffrant. Qu'est-ce qui nous prouve que vous dites vrai ? Que s'est-il passé entre minuit et cinq heures du matin, heure à laquelle vous avez reçu six appels d'un inconnu, enregistrés sur la cassette de votre répondeur, cassette que vous avez omis de nous fournir.

– La cassette ? Vous vous en battez l'œil. Putain de merde !

– Gardez votre calme, Monsieur Marchat, je n'ai pas fini. Ce matin, à l'heure où tout le monde boit son café, vous vous précipitez chez votre garagiste pour récupérer votre Audi A3 noire, en révision depuis six jours, et là, vous constatez 1) que la voiture est manquante, 2) que vous n'avez ni papiers d'identité ni carte grise, 3) que vous n'avez aucun souvenir d'avoir ordonné le nettoyage de votre Audi. Vous en déduisez qu'on vous a volé votre voiture et vos papiers, vous mettez en doute la parole de votre garagiste, lequel vous rappelle le contenu de votre boîte à gants, contenu dont vous niez avoir eu connaissance. Vous m'arrêtez si j'oublie quelque chose...

Grégory se prit la tête entre les mains et articula faiblement :

– Le cigare sur mon paillasson, le défilé de mode...

– Grand Dieu, c'est vrai, ironisa Maurin. Un cigare recherché par toutes les polices atterrit comme par miracle à votre porte. Un ovni, ce cigare. Corroborant vos théories fumeuses sur le chiffre sept. Monsieur Marchat, soit vous êtes un enquêteur à l'intuition supérieure, soit vous vous fichez de nous.

Manu Gimenez, s'arrêtant enfin de tourner dans le bureau, tira une chaise vers Grégory :

– Monsieur Marchat, dans le coffre de votre voiture, on a trouvé ce matin à six heures trente un corps de femme, pieds et poings liés par du câble électrique. La victime, ce qu'il en reste du moins, est en cours d'autopsie. Si vous avez des choses à dire, c'est maintenant.

– Je ne suis pour rien dans cette horreur. C'est un piège, je ne comprends pas pourquoi c'est moi qui suis là. Tout ce que je sais, c'est que quelqu'un cherche à me faire passer pour le coupable. Vous ne voyez pas que je n'ai rien à voir là-dedans ?

Maurin soupira :

– Vas-y Manu, il me fatigue…

– Monsieur Marchat, vous êtes suspect, vous comprenez ? Vos histoires ne tiennent pas debout, et vous n'avez pas d'alibi pour justifier de votre emploi du temps de la nuit passée. Et… votre veste en cuir sent le carburant, ça commence à faire beaucoup…

– J'ai dû me salir au garage, je ne sais pas ! Je voudrais téléphoner, c'est possible ?

– Aucun problème. Vous n'êtes pas encore en garde à vue, juste un suspect possible, libre de vous en aller après cet entretien. Mais j'ai peur que ça ne dure pas si vous ne pouvez justifier de votre emploi du temps pour les vingt-quatre dernières heures. De toutes façons, vous ne quittez pas la ville, c'est clair ?

– C'est clair, fit Grégory en retenant sa colère, j'ai besoin de soutien et de conseils. Et manifestement, ce n'est pas ici que je les trouverai. Je vous ai tout dit et je ne sais pas comment me défendre. La situation est bloquée. Je suis innocent. Je veux réfléchir. Je peux partir maintenant ?

– Vous rigolez ? grogna le capitaine Maurin, on n'a pas fini. J'ai demandé une perquisition, Monsieur Marchat. J'aime bien savoir à quoi jouent les bonhommes comme vous quand ils rentrent chez eux. Le rapport d'autopsie ne va pas tarder, et l'ordre de perquisition avec. Vous qui êtes un bon citoyen, sachez prendre patience. C'est une question de minutes. Si je ne trouve rien chez vous, je vous lâche. C'est simple. Sinon, c'est la garde à vue. Soyez bon joueur ! Vous vouliez tant la protection de la police, la voilà ! Nulle part ailleurs, vous ne serez plus en sécurité. Gimenez, tu restes avec Monsieur. Je rappelle le procureur.

Sans force, Grégory ramena sa veste en cuir sur ses genoux. La manche droite était effectivement tachée. Le lieutenant Gimenez avait l'air soucieux, les yeux fixés sur le sachet qui contenait le cigare.

– Y'a rien à se mettre sous la dent chez vous n'est-ce pas ? articula enfin le lieutenant Gimenez, quand son coéquipier eut quitté la pièce, rien de rien.

Nerveusement, il lâcha l'ongle de son pouce. Quelque chose de glacé, une rafale dans ses pupilles noires, passa très vite et disparut.

Grégory regarda le flic :

– Vous en avez l'air bien sûr… je n'irais pas jusqu'à dire que ça me rassure…

– J'en suis sûr. Y'a rien. Je le sais.

– Vous savez ? Vous êtes entré chez moi ?

– En quelque sorte.

– Et votre collègue ? Il n'a pas l'air de me croire. Je ne savais pas que j'avais une tête d'assassin…

– Les assassins sont polymorphes, Monsieur Marchat, de vrais caméléons, on s'y laisse prendre si on ne fait pas gaffe…

ça ne les empêche pas d'être maladroits parfois... Au fait, vous êtes droitier, n'est-ce pas ?

– Oui, et alors ?

– Alors, rien. On va dire que vous êtes parti très en colère. Sans mandat, je ne peux pas vous retenir. Cassez-vous. Vite. Avant que je regrette. Merde, si je me plante, je suis bon pour la circulation !

Grégory bondit :

– Je ne suis pas votre coupable. Et je peux vous aider à le prouver !

– C'est déjà fait... Cassez-vous, dit Manu Gimenez en se détournant.

●

Maurin piqua une colère terrible en constatant le départ du suspect. Il traita Manu Gimenez de débutant, puis son humeur tomba devant son impassibilité. Il se jeta dans son fauteuil et enfourna trois gommes à l'anis :

– Pas grave, j'ai mis Servan à ses basques. Il le lâchera pas, lui. Servan ne vaut pas grand chose, mais c'est le roi de la filature. C'est son dada. Un vrai passe-muraille !

Le garagiste fut entendu à dix heures par les deux policiers. Il ne leur apprit rien de plus mais laissa le numéro d'appel de son jeune ouvrier. Sa déposition fut enregistrée et signée d'une main huileuse. Maurin essuya son stylo avec agacement.

L'apprenti fut convoqué pour la fin de l'après-midi, ce qui lui laissait le temps de sauter dans le premier train et de se présenter au commissariat avant la fin de la journée. Le lieutenant Gimenez se chargea de l'appel. Au téléphone, le garçon parut impressionné, résumant maladroitement la manière dont il avait agi, redoutant le blâme ou la mise à pied. Le lieutenant Gimenez le rassura du mieux qu'il put, en dédramatisant sa gaffe, et, tout en l'écoutant, nota immédiatement (souligné de trois traits dans son carnet à spirales) le fait que l'adolescent avait vu un grand type avec un bonnet enfoncé jusqu'aux oreilles et une veste en cuir marron qui ne lui allait pas du tout. Le gamin avait admis qu'il l'avait à peine regardé tellement le type lui avait fait peur quand il avait téléphoné deux jours auparavant, rien qu'au ton de sa voix. Le lieutenant Gimenez lui demanda de profiter du trajet pour préciser cette impression, c'était capital. Le gamin, manifestement affecté par son erreur, promit de se présenter le soir même. Sa trouille était palpable, même à des kilomètres.

Devant la glace des toilettes, Manu Gimenez rajusta l'aplomb de sa veste de tweed gris. Il chercha dans son reflet quelque chose qu'il ne trouva pas. Le néon clignotait au-dessus de lui. C'était pénible, ce sentiment de solitude depuis quelques jours, pourtant ce n'était pas nouveau. Cinq ans qu'il était seul dans ce tandem. Cette enquête lui échappait. Comme les autres ? Non, pire que les autres. C'était précisément ce qui le mettait sous tension. Elle lui semblait sans appui, très volatile, mal contrôlée, peut-être même sous-estimée. Maurin tenait les rênes, comme toujours, et il n'avait pas le courage de lui dire qu'il n'en pouvait plus de faire profil bas. S'efforcer de ne rien laisser paraître était épuisant. Il ne tiendrait pas longtemps, faute d'un mental du genre de celui de Maurin, imperméable aux émotions et capable, à ses dires, de dormir trois heures par nuit depuis cinq ans sans faiblir. Affabulation ?

Tout à coup, son portable sonna. C'était Grégory Marchat :

– La cassette est dans votre poche. Puisque vous m'accordez le bénéfice du doute, faites-la analyser. Seul. N'en parlez pas à Maurin. Je sais qu'il a fait le nécessaire et qu'il n'en a rien tiré. Je n'y crois pas une minute. Recommencez. Seul. S'il vous plaît.

Grégory avait raccroché.

●

La cassette était bien dans sa poche gauche. Clément ne répondait pas. C'était bien sa chance. Ils n'auraient pourtant pas été trop de deux pour fouiller ce merdier. Il faudrait faire sans lui pour l'instant.

Grégory chercha un autre nom dans le répertoire de son Nokia et pressa la touche d'appel. Pénélope décrocha à la première sonnerie. Elle encaissa les nouvelles sans broncher, faisant preuve d'une initiative étonnante et d'un calme apparent, chuchotant presque. Surpris, Grégory laissa filer quelques secondes et demanda :

– C'est normal, cette impression que personne ne s'énerve dans cette affaire, ou bien je suis en train de péter un plomb ? Maurin veut ma tête, Manu Gimenez est inerte, Clément bat la campagne et vous… vous êtes d'un calme déconcertant…

– Pas tant que ça, Grégory. J'essaie de contrôler mes émotions, je vous assure. Vous êtes au cœur de l'affaire. Si vous n'étiez pas nerveux, je me poserai des questions ! Ne vous laissez pas submerger. Vous pouvez venir aux archives ? Oui ? Alors, ne vous isolez pas et venez vite. J'ai trouvé des os à ronger.

●

Il fallait traverser le centre-ville pour rejoindre *Le Parisien*. Se presser, poussé par la peur et le froid de plus en plus vif. D'ailleurs, le ciel avait pris la teinte du lait et quelque chose sur les toits se figeait, comme une laque livide. Grégory marchait et pensait vite, aux prises avec les soupçons qui pesaient sur lui. La réaction du lieutenant Gimenez le sidérait. Quand le flic avait tourné le dos, il avait à peine réfléchi. Juste le temps de glisser la cassette dans sa veste, une intuition… Bonne ou mauvaise ? Il le verrait bien assez vite. Quant à Pénélope, elle en savait plus qu'elle ne voulait le dire, il en aurait mis sa main à couper. Des os à ronger… Il n'avait aucune envie de ronger quoi que ce soit.

De l'escalier, il la vit qui scrutait un écran.– Venez voir, j'ai fouiné, et j'ai trouvé quelque chose. Vous êtes le mieux placé pour l'interpréter.

Pénélope avait listé les victimes, au nombre de cinq dont le nommé Herbert Marcha, un professeur retraité et veuf. Elle avait des précisions : la dernière fois qu'on l'avait aperçu, il rentrait chez lui, seul. Sa voiture mal garée avait fini par attirer l'attention de la police. Sa voisine, alertée par les miaulements de son chat affamé, s'était inquiétée. L'appartement était vide. Depuis, un avis de recherche était lancé ainsi qu'un appel à témoin. Personne n'avait revu Herbert Marcha. Pénélope précisa que le lieutenant Gimenez s'était rendu chez lui, comme chez les autres. Outre une petite seringue, le seul indice notable (pas des moindres à la lueur des dernières heures) était un cigarillo intact dans son emballage de marque Middleton's, retrouvé sous un canapé.

– Et merde ! Le même que le mien ! Des empreintes ?

– Pas une ombre. Les voisins étaient absents et la locataire sur le même palier prend un somnifère tous les soirs à vingt-trois heures, commenta Pénélope. Cela dit, il y a des gens qui disparaissent de leur plein gré…

Grégory grimaça :

– Surtout les Marchat, une vraie calamité… C'est à se demander s'ils se sont tous donné rendez-vous dans l'au-delà. Une secte peut-être. Je n'ai pas l'intention d'adhérer…

– Regardez la liste. Avec le disparu, ils sont cinq.

De part et d'autre du bureau, ils se penchèrent sur les noms.

Il y avait Théodore Marchas, électrocuté un soir chez lui, en toute discrétion : soixante-quinze ans, célibataire, ancien secrétaire, cardiaque, triple pontage ; Herbert Marcha, disparu en pleine nuit, en proche banlieue : professeur à la retraite, cinquante-huit ans ; Joanne Marschat, précipitée dans le vide en chemise, à l'heure où la campagne est noire : cinquante-neuf ans, veuve, éleveuse misanthrope retraitée ; Egon Marscha, torturé et noyé de nuit : soixante-douze ans, ancien infirmier privé, célibataire ; et Emeline Mar Cha, brûlée vive : quarante ans, libraire, célibataire.

– Comment avez-vous eu ces infos, Emeline Mar Cha et le reste ? Par Manu Gimenez ?

– Evidemment. Je vous vois venir. Plus tard, les justifications. Regardez plutôt cette liste, moi je ne comprends pas. Mais vous, un Marchat, qu'auriez-vous de commun avec ces personnes ? Il n'y a que vous pour le dire, sinon pourquoi seriez-vous dans le collimateur ?

Les yeux vissés sur la liste, Grégory passait d'un nom à l'autre. Dans sa nuque partait et revenait le ressac d'une migraine qui s'annonçait sérieuse. Emeline Mar Cha, Théodore Marchas, Egon Marscha… Herbert… Joanne… Il n'en connaissait aucun. Se connaissaient-ils entre eux ? Il était trop tard pour le démontrer. Si cette série correspondait à une logique de tueur, il fallait bien que les éléments se superposent quelque part.

Il se leva et s'engagea machinalement entre les rayonnages. Les boîtes d'archives déroulaient leurs cotes par ordre alphabétique. Soudain, il revint vers Pénélope :

– Il y a plusieurs façons d'écrire ce nom, et pourtant il sonne toujours pareil…

– Oui, et puis ?

– Je ne sais pas, toutes ces personnes ont un nom si proche. On dirait… on dirait que quelqu'un cherche le bon, comme si le meurtrier ne connaissait pas l'orthographe, comme s'il avait des difficultés à écrire ce nom, j'extrapole bien sûr…

– Comme une recherche dans un dictionnaire ?

– Oui, comme s'il suffisait d'un nom, d'un son, pour être une cible…

– Savez-vous qu'il y a sept façons différentes d'écrire votre nom dans cette ville, Grégory ? J'ai vérifié dans l'annuaire électronique. Toujours est-il que vous êtes un Marchat, et vous ne savez pas pourquoi vous êtes en danger dans cette fichue ville. Quelqu'un veut votre peau, et il pousse le vice jusqu'à vous prévenir !

– Ne rajoutez pas à ma nervosité, je sais ! Six fois, ce matin. Six coups de fil. Il faut décoder ! Pour nous, il n'y a pas de logique là-dedans. J'y ai réfléchi. Rappelez-vous, la Genèse. Sept jours. Pour lundi, un appel. Mardi, deux appels, et ainsi de suite jusqu'à aujourd'hui, samedi, sixième jour, six appels. Ce type est givré mais rusé, il ne laisse pas de traces, sauf un cigare. Il élimine des noms, pas des êtres humains. Toutes ses victimes habitaient cette ville. Ils sont peut-être bien morts de façon différente, dans des lieux distincts, mais sous la même signature comme dit Manu. Quel jour sont-ils morts ? Y a-t-il une victime du lundi, une autre du mardi ? Je vois que vous me suivez, même avec cet air effaré…

– C'est pas si bête… Et le mode opératoire, même s'il diffère globalement, contient chaque fois un élément commun, que ce soit les brûlures, le câble électrique, le nom. J'ai mis le nez dans les rapports d'autopsie…

●

Manu Gimenez sortit de l'ombre des escaliers et annonça d'un air sombre la disparition d'un nommé Edmond Marschas. Sa femme avait trouvé un message sur le répondeur, des menaces de morts ; elle n'avait pas reconnu la voix. Elle pensait qu'on l'avait enlevé pour son argent. Son mari était rentier, un mec plein aux as. Elle avait trouvé, en évidence sur une table basse, une seringue jetable. L'analyse du reliquat identifia du Fentanyl, un puissant anesthésique. Pas la moitié du dixième d'une empreinte. Aucune trace. Quelqu'un se moquait effrontément d'eux. Et il fallait une sacrée dose de maîtrise de soi pour narguer ainsi les enquêteurs. Le lieutenant Gimenez avait laissé le capitaine Maurin briefer la gendarmerie au cas où.

Grégory entraîna le flic le long des rayonnages, pointant de l'index les étiquettes des syllabes utilisées pour le classement. Dubitatif, Manu se planta devant les colonnes de boîtes. Et, comme il détournait la tête, une brèche s'ouvrit dans son inconscient : il visualisa un plaignant, assis face à lui, quelques jours auparavant, qui épelait péniblement son nom, furieux d'hésiter sur les lettres. « Yves Kentien, disait-il. KEN, non, KEM, mais non… »

– Et si le tueur était analphabète ? ou dyslexique ? Ce sont des hypothèses… mais je dois partir maintenant. Tenez…

115

lâcha-t-il en jetant une carte de visite à Grégory. Composez le numéro inscrit sur cette carte pour me joindre en urgence. Je ne vous ai pas vus. Ni l'un ni l'autre. Nous sommes d'accord ?

Une fois Manu Gimenez parti, Pénélope inspira profondément.

– Vous voulez bien m'écouter deux minutes ? Comme vous le savez, je travaille à mi-temps au *Parisien* mais j'ai omis de vous parler de mon violon d'Ingres : je suis ce qu'on appelle une informatrice. La ville, la nuit, c'est mon terrain de jeu. J'observe, j'écoute, je note, je rapporte.

– Indic ? Un jeu dangereux pour...

– Pour une femme ? Je saurais vous casser le poignet en souriant, maintenant, en deux secondes. Ne soyez pas si traditionnel, Grégory, ça ne vous va pas du tout. Je suis une sorte de détective, je travaille occasionnellement avec la police depuis trois ans. Parce que j'ai l'œil. C'est tout.

– Je n'y ai vu que du feu !

– Mon job est bien rôdé. Personne ne s'en aperçoit jamais... jusqu'à présent ! Voilà, je suis là pour observer ce qui se passe autour de vous. Servan sait filer, comme un bon toutou. Moi, je sais regarder et... ouvrir les portes fermées. Alors, je me demande comment on peut saloper sa manche droite avec de l'essence quand on est incontestablement droitier et qu'on a du mal à diriger une simple souris informatique de la main gauche. À fortiori, soulever un lourd bidon d'essence... Bon, vous savez faire preuve d'un joli brin d'intuition, rappelez-vous, les Eve numérotées, la Bible, les cotes des cartons. Détails ? Non, petits ingrédients dans la cuisine du tueur. Continuez à réfléchir… Pour l'instant, vous me devez un déjeuner.

●

– Salut, toubib. Je passais. J'ai vu de la lumière, alors…

– Bonjour, Manu, vous êtes tout seul ? Le capitaine fait encore la gueule ?

Lise Morel griffonnait à son bureau sous une lampe verte. Elle ne regarda pas Manu Gimenez. Elle savait que le lieutenant était sous influence, affaibli par la poigne de Maurin, et que l'envie de fouiner l'avait quitté peu à peu au fil de ces cinq dernières années. Son intuition, mise au placard. L'ombre lui allait mieux, alors il y était resté, aux ordres, ombre lui-même sous l'ombre du druide increvable qu'il accompagnait depuis si longtemps.

– Oubliez Maurin pour l'instant. Je me suis dit que vous pourriez m'en dire plus sur notre barbecue.

– Je finis justement le rapport. Je suis contente que ça intéresse quelqu'un…

– Pourquoi vous dites ça ?

– Maurin s'en fout. Il me l'a dit texto au bigophone il y a une demi-heure à peine, je recousais la cliente. Toujours aussi aimable. Je lui ai répondu sur le même ton. Vous savez bien que nos relations passent essentiellement par le fax depuis cinq ans. Tout ce qu'il veut savoir, c'est le détail qui tue si vous me passez le mot. Droguée ou pas. Tatouée. Sévices sexuels, ça, ça le tracasse. Trace insolite etc. Ce qui m'étonne, c'est qu'il a

117

déduit les trois-quarts de ce que j'ai trouvé avant que je lui en parle. Il est chiant mais il est fort, très fort. Je ne sais pas si ça m'épate ou si ça me dégoûte.

– Epatez-moi. Je suis tout ouïe.

Le docteur frotta ses mains l'une contre l'autre :

– Vous avez déjà son nom. Les dentistes ont fait fissa sur ce coup-là. Chapeau ! Cela dit, votre cliente est une femme d'une quarantaine d'années, menue, poids de cinquante kilos probable, un mètre cinquante neuf une fois dépliée…

– Toubib… protesta le lieutenant.

– Mille excuses… Si j'insiste, c'est que les liens sont faits de façon particulière. Je résume : brûlée vive, ligotée « croisée », c'est-à-dire cheville droite au poignet gauche et inversement, dans le dos, avec du câble électrique sans aucun doute.

– Comme le noyé…

– Exact, opina le médecin-légiste, je continue : traces d'acier fondu aux poignets, sans doute des menottes, traces de coups violents à la nuque et à la tempe gauche, carbonisation quasi totale, traces de fibres cotonneuses sur le flanc protégé et sur le ventre, et de fibres tissées plastiques de type bande sparadrap dans les orbites, par déduction sur le visage. Bâillon enfoncé loin dans la bouche, coton blanc. Et, je pense que ça vous intéressera, un petit diamant taillé rond, de trois millimètres de diamètre dans ce qui restait de son conduit auditif. C'est tout ce qui a résisté au feu.

– Un seul ?

– J'attendais cette remarque, oui, un seul. C'est ce genre de bricole qui a intéressé Maurin. Soit l'autre est tombé, soit elle n'en portait qu'un. Bien sûr, le clou a fondu. Les gars du labo ont fouillé la voiture ?

– De fond en comble, j'en viens. Elle avait un sac à main. Il n'en reste quasiment rien. Ils essaient de reconstituer ce qu'ils peuvent. Mais pas de diamant.

– Vous allez vous régaler à quatre pattes dans le gravier. Surtout avec ce temps qui vire à la neige. Je plaisante, il peut être n'importe où, ce caillou.

Manu ne répondit pas. Il sentait revenir son instinct de flic. L'énigme le faisait frissonner intérieurement, c'était vivifiant, il revivait, son cerveau fonctionnait à plein : « je vais régler mes comptes. Doubler Maurin et son sixième sens. Ne pas dormir. Lui montrer de quoi je suis capable. J'ai payé. J'ai fini de payer ma note. Qu'il se démerde, puisqu'il a des yeux dans le dos. Qu'il se trouve un autre faire-valoir. Un autre garde du corps. Un bleu ravi de servir la soupe au grand Manitou. Il était temps de passer la main. Maurin devrait marcher tout seul. Comme lui ».

– Vous m'écoutez, lieutenant ? Je vous disais que cette femme avait bu quelque chose peu avant sa mort. Pas n'importe quoi. Pas d'alcool. Ce n'est pas courant : j'ai trouvé des traces de cumin dans l'estomac. Du cumin et du jus de carotte. Je dis bien du jus. L'analyse vient de tomber. Qu'est-ce que vous en dites ?

– Vous aimez les cocktails, docteur Morel ?

119

– Je vous vois venir. Il y a un endroit en ville où on boit ce genre de truc ?

– Ouais. Un ou deux endroits, tout au plus. Il y a une boîte en périphérie qui fait son beurre avec un bar érotico-végétarien. Et ça, c'est une piste.

Lise Morel le regarda et, malgré elle, se redressa sur sa chaise. Le lieutenant lui parut plus grand. Ses mâchoires plus carrées, ses yeux plus sombres. Elle s'approcha de lui, intriguée par sa carrure. Il avait l'air solide et sûr.

– Vous avez changé.

– Je sais marcher tout seul maintenant…

Manu Gimenez avait lâché son maître. Son sourire avait tout de la morsure.

– À vous de jouer, Manu… Heureuse de vous voir de retour…

Manu inspira largement. Son sourire en disait long sur sa liberté retrouvée. Quant à Lise Morel, manifestement elle n'avait jamais été dupe.

– Au fait, il me manque deux housses…

– Des housses ? depuis quand ?

– Difficile à dire. Le personnel se moque de ce genre de matériel. Je ne crois pas non plus que ma secrétaire s'en serve… je vous dis ça à toutes fins utiles…

●

Pénélope avait reconduit Grégory chez lui.

Il se demandait s'il fallait appeler Rebecca. La question flottait en lui, persistante et tendre. Appeler Rebecca, et lui dire sans trembler qu'il ne savait pas s'il passerait au travers des mailles du filet. Appeler Rebecca, et lâcher soudain « je t'aime », entre deux phrases, la voix blanchie par la peur retenue. Appeler Rebecca. Entendre sa voix. Qu'elle lui parle d'elle, de ses vacances. Qu'elle énumère toutes ces choses légères qui passent inaperçues quand tout va bien, qui font l'ordinaire des jours heureux. Qu'elle lui dise qu'elle avait bien dormi. Qu'elle éloigne le danger de son rire clair, ne serait-ce que deux minutes. Alors, il rirait aussi : « tout va bien, mon cœur, rien ne vaut une petite rhino-pharyngite pour chanter le blues, je t'attends, reviens vite. Vite. »

Mais comment ne rien avouer ? Comment neutraliser sa nervosité ? Grégory mentait si mal que Rebecca s'inquiéterait. Autant que ce soit Clément qui la réceptionne dimanche à son arrivée. À quelle heure arrivait-elle ? Seize heures ? Où avait-il noté ça ? En cas de malheur, Clément saurait quoi faire. Bon Dieu, il est toujours trop tôt pour mourir, surtout sans raison. Pourquoi Clément ne répondait-il pas ?

La consigne était de ne pas bouger de son appartement, à compter de cette minute. Le lieutenant Gimenez avait été très ferme. Sa ligne de téléphone était sur écoute. La migraine revenue et la gorge brûlée par la toux, il aspirait au silence, à l'abri. S'il était encore à l'abri quelque part.

●

Grégory décrocha le téléphone.

– Dites-moi, Monsieur Marchat, vous connaissez un bar un peu décalé où on boit du jus de radis noir en grignotant des chips bio ?

– C'est pas dans mes habitudes, lieutenant, mais y'a une boîte de ce genre dans la périphérie de Paris. J'ai un ami branché écolo qui traîne parfois là-bas…

– Le nom ?

– Sais pas. Mais je me souviens à peu près de l'endroit. Je ne me suis pas déchaussé. Je vous accompagne si vous voulez.

Le flic pila devant chez Grégory moins de dix minutes après.

– Vous êtes une tête de bois, Monsieur Marchat, je vais finir par vous apprécier.

Ils tombèrent sur la bonne boîte au deuxième essai. Une discothèque un peu chaude, un club à vrai dire. Un endroit si tranquille de jour, moquetté de bleu nuit, où d'invisibles spots, sertis par dizaines dans un plafond boisé, projetaient une lumière tubulaire des plus surprenantes. Un bar ciré serpentait au fond, sous des suspensions vertes en corolles ; un barman essuyait tranquillement des coupes en dodelinant de la tête sur la musique. Grégory reconnut un air de Mc Solaar.

Le lieutenant Gimenez salua l'employé du plat de son insigne.

– Vous reconnaissez cette femme ?

– Une habituée. Emeline. Gentille, honnête, très belle chute de reins… ça m'étonnerait qu'elle trempe dans des affaires.

Manu Gimenez remballa la photo.

– Et bien, elle ne trempera plus dans rien maintenant. Elle est morte, lui asséna Grégory.

Le barman se figea, visiblement bouleversé. Sans rien dire, il saisit trois verres-cylindre qu'il remplit de glace pilée et de vodka.

– Elle ne boit jamais… elle ne buvait que des jus de fruits ou de légumes… Elle s'est plantée ?

– Pire. On l'a plantée. Et pas avec des pincettes. Dites-moi, vous servez de ces cocktails sans alcool, genre tomate-curry ou fenouil-piment ?

L'homme vida son verre.

– Emeline, c'était carotte-cumin. Question de goût. C'est pas mauvais, parfumé, un rien indien… Comprends pas…

– Quand l'avez-vous vue pour la dernière fois ? questionna Grégory.

– Pas compliqué, c'était hier soir. Elle est partie tôt, il devait être un peu plus de minuit.

– Seule ?

– Je pourrais pas dire, y'avait pas foule, mais le bar est loin de la sortie, vous voyez bien… y'a les claustras.

Le lieutenant Gimenez et Grégory se retournèrent. La piste de danse, un cercle d'environ quinze mètres de diamètre, séparait le bar d'un espace meublé de tables et de fauteuils bas turquoise ; on distinguait mal la sortie, derrière un épais claustra haut d'un peu plus d'un mètre. Le barman, tout à son job, n'avait certainement rien noté.

– Ce qui est sûr, c'est qu'Emeline attirait l'œil. Elle dansait bien. Il y avait toujours des mecs pour la reluquer et puis pour l'inviter.

– Et hier soir ? Vous avez remarqué quelque chose ? Monsieur ? reprit le lieutenant Gimenez.

– Je m'appelle Bob, lieutenant, enfin Robert Lamb, mais Bob, c'est mieux pour le bar, ça fuse, vous voyez ?

– Bien sûr, Bob… Alors, hier soir ? Des solitaires, des alcoolos, des clients inhabituels ?

– Non, le vendredi soir c'est rien que des bouilles connues, des potes, ah… peut-être… bah ! c'est sans importance. Juste un type qui vient depuis quelques semaines. Grand. Toujours un bonnet sur la tête. Très cool. Jamais un mot, mais souriant.

Grégory fit tourner l'alcool dans son verre :

– Un type ordinaire, alors. Pourquoi l'avez-vous remarqué ?

– Je l'ai à peine vu. Il se tenait là-bas, à côté des claustras, à fumer son cigare, tranquille. Y'avait du monde, je l'ai pas dévisagé, vous voyez. À ma connaissance, il n'a rien bu et ne s'est pas attardé. Je me rappelle pas de sa figure, c'est bizarre, comme s'il n'y avait rien à voir sur son visage, une gueule… éteinte ou… plate, je n'arrive pas à la décrire. Quand on a fermé, c'était plus de quatre heures du matin, il ne restait que trois ou quatre voitures sur le parking.

– Dont celle d'Emeline, intervint le flic en prenant des notes.

– Vous me l'apprenez ! Vous savez, quand on s'en va, il reste toujours un couple ou un gars trop fait dehors. On les mate pas.

Manu Gimenez se laissa traverser sans résistance par la musique. Grégory, qui adorait Mc Solaar, se mit à fredonner : *"... Boys, Boys, Boys chantait Sabrina Moi j'écoutais pas j'étais plus "Step in the Arena" Un clip dans la bassine, non c'était une piscine...",* quelques secondes de douceur dans ce monde de brutes, puis, en repoussant son verre plein vers Bob, revint à son affaire :

– Elle était toujours là, quand vous avez pris votre service, n'est-ce pas ? Une Austin noire nickel… un scarabée tout neuf, ça se voit, non ? Surtout sur un parking privé ?

Le flic jeta un coup d'œil en biais à Grégory. Décidément très observateur, pensa-t-il.

– J'ai appelé la police quand j'ai trouvé le portable par terre, qu'est-ce que je pouvais faire de plus ?

– Rien sur le moment, confirma le flic en rajustant son col.

Il poussa un peu plus le verre auquel il n'avait pas touché.

– Merci de votre aide. Vous pouvez boire ça en mémoire d'Emeline…

– Buvez aussi celui-ci, ajouta Grégory… merci quand même.

Sur le parking, l'équipe scientifique fouillait l'Austin. Fontières, le responsable, poudrait la portière côté conducteur.

– Salut, Gimenez. T'as perdu Papa Maurin ? Tu vas te faire engueuler !

125

Le lieutenant s'arrêta à sa hauteur, les poings serrés dans ses poches :

– Je t'emmerde, Fontières. Tu as quelque chose pour moi ?

– Je rigole, Manu, qu'est-ce qui te prend ? Et puis me bouscule pas, ça sert à rien. Mais si tu veux savoir avant le grand manitou, je peux te dire que la petite dame tenait sa voiture aussi propre que sa cuisine, aseptisée, javellisée, dépoussiérée et parfumée. Plus maniaque que ça… je passe sur les jeux de mots à la con…

– J'attends ton rapport dans deux heures. Empreintes, marques, cheveux, tout ce que tu trouves. Pour une fois, essaie de passer la seconde… C'est une question vitale, compris ?

●

Le docteur Morel glissa son rapport dans le fax. Deux feuillets recto-verso, tapés sur son ordinateur. Le dossier d'Emeline Mar Cha rejoignit le trieur sur son bureau. Quoi qu'elle fasse, elle ne s'habituerait jamais, même si elle pouvait ouvrir un sternum sans trembler, peser un foie ou laver des plaies, les mesurer, imaginer l'arme qui les inflige. Emeline était morte brûlée vive dans la fournaise d'un coffre. Vive ! L'examen des tissus des poumons avaient montré des traces de suie, y compris dans les reins, le foie et le cerveau. L'expert du laboratoire d'anatomopathologie était formel : le flux sanguin ne mentait jamais. Le cœur avait lâché après la mise à feu, quand la douleur avait franchi le seuil de la torture. La morsure du feu est un enfer. Et un moyen efficace de détruire toute micro-signature susceptible de faciliter l'identification du criminel. Pas d'empreinte, pas de squame, pas de cheveu. Un professionnel. Le médecin-légiste relut sa conclusion :

Mar Cha Emeline, âgée de quarante ans, libraire, sans antécédent judiciaire ni psychiatrique, est décédée le samedi 30.11.04 aux environs d'1H00 dans les conditions suivantes : assommée, puis ligotée dans le dos (poignet gauche et cheville droite, poignet droit et cheville gauche), son corps a été brûlé vif après aspersion de carburant. L'autopsie montre des lésions antérieures à l'incendie au niveau de la nuque, correspondant à plusieurs coups violents portés de droite à gauche avec un objet métallique lourd à section carrée. Le corps est entièrement brûlé, tout en présentant des zones partiellement « protégées », face et abdomen, où des traces de bande adhésive tissée ont été relevées. L'autopsie montre également des stigmates d'asphyxie confirmés par l'analyse sanguine, ayant entraîné un arrêt cardiaque. Le contenu de l'estomac révèle des traces de jus de carotte et de cumin broyé. L'analyse du prélèvement sanguin certifie l'absence d'alcool ou drogue illicite. Aucune trace de produit psycho-actif de type GHB ou autre...

C'était difficile de partir en week-end là-dessus. Mais elle avait absolument besoin de repos. Emeline en avait fini avec la vie. Quelqu'un en avait décidé ainsi, au mépris de tout. Sans l'ombre d'une hésitation. D'une main d'acier, sans que rien ne la dévie. Pas le moindre remords. Parce qu'il en fallait du temps pour tuer de cette façon. Assez de temps pour refaire surface et reprendre ses esprits. Assez de temps pour arrêter si c'était possible. Le crime était à l'image de l'agresseur : calculé, minuté, exécuté. Un seul cerveau pouvait fonctionner ainsi, dysfonctionner plutôt : le cerveau anormal d'un psychopathe avec un lobe frontal différent, parfois endommagé par une blessure ou une tumeur ; une zone précise où manquaient des connexions indispensables pour freiner et empêcher les instincts homicides et la cruauté débridée de tout être humain. Quatre pour cent de la population globale présentait ce genre de désordre mental et ce facteur encore méconnu de la science, facteur responsable de l'absence *totale* de sentiment de culpabilité du psychopathe. Gimenez et Maurin avaient affaire à un homme extrêmement dangereux, un collectionneur qui n'en était pas à son coup d'essai, pensa le médecin en visualisant mentalement le corps fétide d'Egon Marscha. « Pauvre vieux cochon. Tu les as payées cher, tes saloperies. »

Lise Morel referma le dossier avec colère, éteignit la lampe de son bureau, puis les néons de la salle d'autopsie. Une lueur verte courut sur l'inox des tables d'examen. L'air était saturé d'eau de Javel. Sa secrétaire venait de partir, ses deux assistants aussi. Restait le gardien de nuit à l'entrée qui lui fit un petit signe amical en désignant la rue.

– Il neige, docteur, il neige sacrement ! On n'avait pas eu un tel temps dans la région depuis au moins dix ans !

Lise lui sourit. La semaine était finie et elle n'en pouvait plus. Un dimanche ne suffirait pas à effacer la vision des globes oculaires cuits d'Emeline Mar Cha.

•

Servan remonta le col de son pardessus et écrasa sa cigarette. Autant attendre dans la 406. Ses jambes engourdies par l'immobilité pesaient des tonnes. La planque, c'était pas son truc, il préférait de loin la filature à pied. Et la neige qui tombait de plus en plus drue n'arrangeait pas son humeur. Ce n'était pas un hamburger et un thermos de café qui allaient le rassasier. Qu'est-ce qu'il croyait Maurin ? La filature et la surveillance demandent une concentration constante. Il faut du carburant, des protéines, du sucre, une petite lichette de bourbon toutes les heures, surtout par ce froid. La rue blanchissait à vue d'œil ; une purée glacée qui avait l'air de tenir. Dix huit heures à sa montre. Le flic extirpa son portable.

– C'est moi, chef. L'agneau est à l'étable. Je fais quoi ?

Servan raccrocha en jubilant. Dans deux heures, Maurin prendrait la suite.

•

Manu Gimenez avait déposé Grégory chez lui avec ordre de se tenir tranquille. Ils ne croyaient tout de même pas qu'il allait attendre sagement sur son canapé qu'un fou l'assomme et le trucide. Bien sûr, ils avaient envoyé leur chien de garde, un petit gros qui piétinait dans les bourrasques ou qui fumait dans sa 406 verte, un journal ouvert sur le volant. Bien vu, Maurin, ton toutou est parfait. Six heures collé à mon cul. Un arbre dans la forêt. Pour le sentir sur ses talons, Grégory avait dû le chercher. Servan se fondait dans l'environnement chaque fois que nécessaire. Soudain, il était là à dix mètres, à scruter une vitrine ou sur le trottoir d'en face, apparu, puis disparu. Petit gros peut-être, mais aussi vif qu'un écureuil. La neige tombait régulièrement depuis près d'une heure. Grégory avait son air triste à la James Dean. Impossible de joindre Clément ; Pénélope avait enclenché sa messagerie. Restait Manu Gimenez. Il n'était pas sûr de pouvoir le solliciter à la moindre angoisse. Une créature de l'ombre, ce lieutenant Gimenez. Un type en demi-teintes. Autant prendre sur soi. Facile à dire. Grégory se laissa tomber dans le canapé, contempla la carte de visite qu'on lui avait jetée comme une bouée. Le mépris qu'il y avait vu n'était probablement que de la méfiance. De la méfiance policière… Au diable les doutes injustifiés !

Grégory composa le numéro. Le lieutenant répondit aussitôt à l'appel :

– Et alors ? Vous avez du nouveau ?

– Rien. J'ai beau me creuser la tête, je ne trouve rien qui vaille. La seule chose que je partage avec les autres, c'est mon nom… Je n'ai rien de plus pour vous aider. Rien de rien, je suis désolé…

Il se tut.

Manu apprécia son effort et son émotion.

– Ça ne fait rien, Grégory. Au moins cela confirme-t-il ce que je crains. Votre nom suffit à ce dingo. Je vais renforcer votre sécurité. Vous ne bougez pas d'un poil. Quelqu'un élimine les Marchat de cette ville, et ce n'est pas l'orthographe qui l'arrête. Bon. Un autre agent va venir se poster chez vous. J'ai toutes les raisons de croire que demain sera une grosse journée. Autre chose, j'ai reçu les résultats du labo pour la cassette. Vous voulez savoir ?

– Et comment ! Presque une semaine que je dis qu'il y a quelque chose de pas net…

– J'admets qu'on aurait dû s'y pencher plus tôt. Mais nous n'avions pas encore cet élément. La cassette contient six enregistrements des plus troublants. Passe encore sur les mots choisis, sur les termes bibliques et le compte à rebours, quoiqu'ils aient un sens très particulier dans l'esprit de votre agresseur. Vous l'aviez deviné le premier. C'est vous qui m'avez mis sur la voie, Grégory. J'ai un mal de tête épouvantable à force d'avoir combiné les hypothèses, mais je tiens quelque chose, même si c'est tiré par les cheveux, ça peut se tenir dans un cerveau malade. Pénélope a repris vos remarques sur le chiffre sept et la Genèse. À chaque jour de la création correspond un crime. Et si on pousse plus loin le délire, on trouve un lien de cause à effet pour chaque élément. Sans preuve, bien sûr, il n'y a pas de preuve qui tienne dans la psyché d'un homme qui a recours au meurtre, il n'y a que des traumas. Vous me suivez ? Mais il manque deux maillons dans cette chaîne d'événements.

– Je crois que je comprends… Et merde ! C'est pas possible ! Ne me dites pas que… il est complètement… c'est de la folie !

– Oui, c'en est, en quelque sorte. La lumière… la foudre ou l'énergie. J'ai relu le début de l'ancien testament. C'est écrit en toutes lettres : *et la lumière fut. Il y eut un soir, et il y eut un matin ; ce fut le premier jour.* Je condense, mais le sens est là : la lumière et l'énergie lumineuse. Il suffit d'y relier une première victime, peut-être Théodore Marchas, électrocuté. Puis le ciel, qui *sépare les eaux d'avec les eaux...Et il y eut un soir, et il y eut un matin ; ce fut le second jour.* Le ciel, Grégory, vous me suivez ?

– Parfaitement. Le ciel, le vide entre deux lieux. Le vide, Joanne Marschat, poussée du haut d'un pont.

– Après, la terre.

– La terre nourricière, les semences, la terre matrice de toute végétation, pas de victime ?

– Pas pour l'instant, mais il n'y a pas de raison qu'il n'y en ait pas, si on s'en tient à cette logique infernale, reprit Manu Gimenez, je parierais que l'un des disparus est le numéro trois. Un pauvre type qui pourrait être trois pieds sous terre. Ou sous n'importe quoi qui ait un rapport avec la terre…

– Un silo à grains, il y en a pas si loin…

– C'est possible. Et connaissant la détestable habitude du tueur à procéder sur des êtres vivants, rien que d'y penser…

– À quelle sauce dois-je être bouffé à votre avis ? intervint Grégory qui se sentait de plus en plus mal.

– J'y viens. C'est justement ce qui m'intrigue. Si vous êtes le numéro sept, et si on poursuit la liste selon notre hypothèse, le scenario s'enraye… parce qu'*il n'y a pas de septième jour.* Enfin pas d'acte de création ce jour-là. C'est à cet endroit que je bute. Si vous êtes le numéro six…

– *Dieu se reposa le septième jour de toute l'œuvre qu'il avait faite...* murmura Grégory, est-ce que je suis béni ou est-ce que c'est un piège ?

– J'aimerais bien le savoir, et vite. Il y a déjà quatre cadavres à la morgue, plus un disparu... Pourquoi on ne l'a pas retrouvé celui-là ? C'est pas normal. Tous ont été découverts, c'est essentiel pour ce type de criminel. Quelque chose a changé dans son mode opératoire. Il prend de plus en plus de risques. C'est typique chez les psychopathes mais c'est une erreur. On va s'en servir.

Manu soutint le ton affolé de son interlocuteur, en mettant dans le sien tout le réconfort professionnel qu'il pouvait. Finalement, les situations périlleuses mettaient souvent en évidence la valeur des âmes. Grégory Marchat semblait être un homme courageux. Pour se mêler d'une enquête qui l'impliquait physiquement, il fallait même dépasser ses angoisses les plus profondes et puiser dans une réelle force de caractère. Le lieutenant reprit, plus amical :

– Vous n'êtes pas seul. Vous pouvez compter sur les forces de police. On ne vous lâchera pas, ce qui est en jeu est bien trop grave. Cela dit, il y a une autre nouvelle...

– Bonne ou mauvaise ?

– Il faut voir... la cassette que vous m'avez confiée a été étudiée par un laboratoire audio spécialisé. Ce qu'ils ont découvert est intéressant. Parce que moins d'un pour cent de la population possède cette caractéristique : la voix que vous avez enregistrée est très particulière...

– Je me tue à le dire, le coupa Grégory maintenant à cran, et je vous signale que votre collègue n'y a rien trouvé à redire !

– Je sais, reprit Manu Gimenez, il s'est planté. Mais vous, vous avez de l'oreille. L'homme qui vous appelle est capable d'une performance vocale très rare, la diplophonie. Si j'ai bien compris ce qu'on m'a expliqué, cela veut dire que cet homme peut émettre simultanément deux sons de hauteur différente dans son larynx. Ce qu'il peut faire à la demande, ou ne pas faire. C'est un phénomène vocal qui existe depuis longtemps au Tibet, par exemple, dans les chants lamaïques. L'impression que vous avez ressentie lors des appels de cet individu pourrait venir de là. Bien sûr, c'est une supposition, rien de plus. Mais le fait est là : certaines syllabes étaient émises sur deux tonalités. Malheureusement, je ne sais pas quoi faire de ce signe distinctif. J'aurais préféré un accent du terroir ou un tic de langage, nettement plus utile pour l'enquête…

– Pas sûr, répondit Grégory, ce truc lui pose peut-être un problème, une gorge plus fragile, des aphonies…

– Des aphonies ?

Il y eut un silence qui dura. Grégory entendait vaguement un souffle court.

– Lieutenant ? Vous êtes toujours en ligne ? Allo ? Vous m'entendez ?

Manu Gimenez était en ligne. Sonné par une image réapparue brutalement, comme après des années d'amnésie.

– Ça, c'est brillant comme remarque. Ne bougez pas. Ne répondez à personne, n'ouvrez pas votre porte. À personne, compris ? Je vous rappelle le plus vite possible.

●

Manu le revoyait, avec son foulard de soie noire soigneusement enroulé autour de son cou de taureau. Il entendait sa voix, changée en feulement, en été seulement, sa voix réduite à un filet d'air mal contrôlé. Et son regard, que l'humeur chargeait de fiel ou de miel selon le moment.

Manu réfléchissait, tandis que ses chaussures prenaient la neige. Il fallait penser plus vite, c'était là, sous ton nez, t'as rien vu pauvre idiot, t'es pourtant pas un bleu, se disait-il, en jaugeant les cinq ou dix centimètres de neige qui couvraient les trottoirs et la chaussée. Elle tiendrait. La température était parfaite. Le froid stabilisé, pétrifié au-dessus de la ville. La nuit émaillée de particules innombrables. La place blanche à hurler. Intimant pourtant le silence.

Manu s'adossa à sa voiture, portière ouverte. C'était impossible. Et pourtant. C'était là, gros comme un calibre de chasse. Une évidence si banale. Le gyrophare frappait régulièrement la neige de jets bleus, et les cristaux craquaient en retour comme des allumettes espagnoles. Impossible.

Il ferma les yeux sous l'onde de choc.

●

L'autoroute était prise dans les bourrasques. Clément roulait à quarante km/heure depuis trente minutes et ça n'avait pas l'air de s'arranger. La visibilité se réduisit encore quand les flocons gagnèrent en densité. Il rétrograda derrière les feux d'une camionnette. On y voyait de plus en plus mal et les essuie-glaces couinaient sur le pare-brise, au bout du rouleau. La radio diffusait toutes les dix minutes un bulletin d'alerte météo : les chutes de neige devaient durer et même s'intensifier. À vue de nez, pour ce qu'il arrivait à distinguer, il y en avait déjà une sacrée couche. On recommandait de ne pas prendre le volant.

Très drôle, siffla Clément entre ses dents, je lâche tout et je rentre à pinces.

Au bout d'un kilomètre, ce fut une vraie purée de pois. La circulation ralentit jusqu'à ce qu'il puisse reconnaître les gyrophares des pompiers, d'une dépanneuse et les feux jaunes sur la cabine d'un patrouilleur. C'était le pompon : un fourgon s'était mis en travers, bouchant deux voies sur trois. Il rétrograda prudemment, les deux mains sur le volant. La radio annonçait quinze centimètres de poudreuse. Il était dix-neuf heures trente. Clément s'immobilisa dans la file de droite. Sa main tâtonna et trouva son portable sous le siège passager. Mieux valait prévenir Grégory. Car son dernier message l'avait inquiété ; plus encore maintenant qu'il ne répondait pas. Clément refit le numéro. Les champs nus, à sa droite, étaient à peine visibles. Clément écouta le texte d'accueil sur le répondeur, et laissa un message pressant.

Silhouette verdâtre dans la lumière des phares, le conducteur de la camionnette était sorti de son véhicule et scrutait les voies. Une énorme dépanneuse s'était immobilisée sur la gauche, des silhouettes vaguement fluorescentes s'affairaient autour du fourgon couché. Clément s'agita sur son siège. Sans savoir exactement pourquoi, entendre la voix de son ami l'eut rassuré. Peut-être à cause du mauvais temps. Il ajusta la fréquence sur Trafic Info qui signalait l'accident et renouvelait les consignes de prudence. On annonçait un bouchon de quatre kilomètres à sa hauteur. Il rêva aussitôt d'un bon bain chaud. À ce moment, la radio s'attarda sur la nouvelle d'un meurtre de femme, brûlée vive dans sa voiture, dernière victime en date d'une suite de crimes affreux. Un tueur en série obsédé et motivé par les noms de ses proies était activement recherché par la police. L'homme était dangereux.

Clément sentit sa nervosité monter d'un cran ; il baissa instinctivement le chauffage et rappela Grégory pour la cinquième fois.

- Grégory ! Enfin ! Ça fait une heure que je t'appelle ! Tu vas bien ? Je viens d'entendre parler d'un meurtre à la radio, ils disent…

– Je sais ! La police m'a flanqué d'un garde qui ressemble à un bouledogue, j'ai mal au ventre, et je suis le septième Marchat sur la liste d'un psychopathe. Sinon, ça va.

– J'arrive. Enfin, dès que je peux. L'autoroute est bloquée. Un accident. On est tous à l'arrêt au niveau de… attends… à deux ou trois bornes de la sortie "Porte de Pantin". La ligne est mauvaise, tu m'entends ?

– OK, t'en fais pas, on m'a à l'œil, il paraît. J'ai les nerfs à vif quand même, mais qu'est-ce que je peux faire ? Tu as une idée ?

– Non. À part de ne pas rester seul. Même si ce n'est pas dans ton caractère, surtout pas d'impulsion ! On n'est pas en terrain connu, alors pas d'acte de bravoure, tu vois ce que je veux dire ? Je passe chez toi dès que la voie est libre. Alors attends-moi, d'accord ? On verra sur place. C'est une sale histoire. Va pas morfler, hein ?

– Pareil pour toi, Clément. Fais gaffe. C'est une histoire de fous, je te raconterai tout à l'heure. Je commence à avoir sérieusement la trouille…

– Je te jure que j'arrive.

– OK, Clément, je t'en prie, ne tarde pas trop, c'est pas que j'ai peur du noir… mais je cracherai pas sur une petite veilleuse ce soir.

– Je ferai de mon mieux. Je te rappelle si ça empire.

•

D'habitude, Pénélope appréciait les premiers flocons de neige, surtout quand ils tombaient en abondance. De sa fenêtre, elle regardait la chaussée blanchir malgré le trafic, l'air saturé de cristaux légers, et quelque chose de poignant l'attendrissait presque, dans la contemplation de cette nuit poudrée. Mais l'appréhension était la plus forte. La menace d'un nouveau meurtre planait, plus angoissante encore depuis que la cible était prévisible. Grégory Marchat était en danger de mort, et il n'y avait rien qu'elle pût faire pour le mettre à l'abri. C'était un sentiment d'impuissance difficile à supporter.

A vingt et une heures, Manu avait appelé. Dans sa voix, une gravité qu'elle n'avait pas sentie depuis longtemps. Il avait dit d'une traite : « attends la nuit, et si tu veux te frotter aux forces mauvaises, couvre-toi chaudement de façon pratique, je peux avoir besoin de tes talents de karateka, et rejoins-moi devant "Le Plein Soleil" à vingt-trois heures. Prends une torche. »

Puis il avait prononcé un nom. Bouleversée mais résolue, elle avait répondu sans réfléchir qu'elle y serait. Depuis la peur la tenait au plexus.

●

– Où tu es ? avait aboyé Maurin.

Le vieux flic était d'une humeur massacrante. Manu l'avait laissé déverser sa bile, imperturbablement, du moins en apparence, puis avait tenté une diversion :

– J'ai un truc à vérifier. T'inquiète pas… Où je peux te trouver ?

– T'occupe.

Manu sentit qu'il ne pourrait pas contenir sa colère :

– Tu continues à jouer la partie tout seul, Maurin, tu me gonfles… Tu fais quoi pendant que je cours partout ? Tu te fous de moi !

– Aaah, exulta Maurin, je me demandais quand est-ce que tu craquerais ? Le moment est venu ! Tu veux jouer dans la cour des grands, gamin ? OK. Va voir chez Grégory Marchat, toi qui es pote avec lui, tu pourras fouiller. Je sais qu'il cache quelque chose. Vas-y. Je te cède la place. T'auras quasiment gagné la partie. Les honneurs, la presse, tu pourras même t'asseoir dans mon fauteuil. C'est qu'une question de temps. Vas-y, Manu, essaie de viser juste cette fois.

Rafale de coups bas. Prends ça, petit flic, ta douleur n'efface pas ta faute.

Manu inspira à pleins poumons, maîtrisant son envie de l'insulter, retenant dans sa gorge la violence verbale. Une seconde. Calme-toi. Il n'attend que ça. Te faire perdre ton sang-froid, dénuder ta mémoire comme un fil de cuivre, que tu trembles en dedans, que tu aies peur.

La neige se mit à ses yeux :

– C'est la dernière fois qu'on bosse ensemble, Maurin, tu crois pas qu'on pourrait mettre ce contentieux en attente ? Alors dis-moi ce que tu sais que je ne sais pas. Et ne me fais pas le coup de l'intime conviction. Cette fois ça ne prend pas. Alors vas-y, je t'écoute.

A l'autre bout du fil, Maurin se taisait. Manu crut un instant qu'il avait pris une avance psychologique. L'autre soupira. Le ton avait changé du tout au tout :

– Merde, Manu, je sais pas ce qui me prend... Désolé, je suis à cran. Cette affaire me vide. Il est temps que je raccroche... tu es jeune, tu comprendras plus tard... excuse-moi...

– C'est bien la première fois que j'entends ça dans ta bouche... je crois que tu es fatigué, Georges...

Le prénom, à dessein. Pour contourner l'obstacle et qu'il baisse sa garde. Quelques secondes suspendues, une réponse qui ne venait pas. En tous cas, pas celle-là :

– Personne ne m'a jamais appelé Georges, sauf au bain, il y a longtemps…

– Qu'est-ce que c'était le bain, Georges, la piscine, un jeu, un mauvais souvenir ?

Bonne pioche. Maurin éclata brutalement d'un rire énorme, rugissant plus qu'il ne s'esclaffait, la respiration sifflante :

– Docteur Gimenez ! Haaa ! T'as pas de la merde dans les oreilles ! ! ! On fera quelque chose de toi, j'te jure ! Tu finiras peut-être profileur ? Allez, assez rigolé. Fonce, petit, c'est ton jour !

Et il coupa la ligne aussi sec.

Manu téléphona immédiatement à Grégory.

– Ne me posez pas de questions maintenant, Grégory. Ecoutez-moi attentivement. Avez-vous trouvé chez vous quelque chose qui ne vous appartienne pas ? Avez-vous constaté des objets déplacés ? Réfléchissez. Vite. Et répondez. Vite.

– Non, je ne vois pas. Attendez, le cigare… vous le savez… la Bible…

– OK, on connaît déjà. Autre chose ?

– Non. Si, mais je ne vois pas le rapport…

– Quoi d'autre ? s'impatienta Manu.

– J'ai eu la surprise de recevoir une paire de baskets. Quelqu'un a dû les déposer à ma boîte aux lettres en catimini.

J'ai une voisine qui me pousse à m'investir dans les bonnes œuvres. Mais ça me paraît assez éloigné de sa façon d'agir…

– On vous fait beaucoup de cadeaux en ce moment, vous ne trouvez pas ?

– Vous avez raison. Attendez une minute, je vais voir ça de plus près.

Le lieutenant suivit à l'oreille son déplacement, le bruit de ses talons, la réception s'améliorant soudain :

– Une seconde… des baskets blanches, quasi neuves… pointure 45… c'est quoi ça ?

Manu l'aurait volontiers bousculé. Il le rudoya de la voix :

– Quoi ça, Grégory, merde, quoi ?

A l'autre bout, on avait lâché le portable. Bruit de vaisselle. Dix secondes qui durèrent une éternité. Le lieutenant trépignait.

– Bingo ! cria Grégory, je vous le donne en mille !

– Pas le temps de parier, crachez le morceau, bordel !

– Un diamant, lieutenant, un petit diamant sur une tige dorée… Ça vous rappelle quelque chose ?

– Nom de Dieu ! Grégory, allez voir dehors. Servan doit être là. Si vous le voyez, apportez-lui tout ça. Ne gardez pas ça ici. Vous comprenez l'avertissement ? Alors ? Servan ?

– Il est dans sa voiture.

– Allez-y, vous avez trois minutes, montre en main. Restez en ligne, prenez votre portable avec vous. Dès que c'est fait, vous allez vous boucler chez vous. La suite est périlleuse.

Grégory laissa sa porte entrebâillée. La neige crissa sous ses pas. Peut-être trente secondes de silence. Puis la voix de nouveau :

– Et merde ! C'est pas lui…

Et soudain un cri aussitôt suivi d'un choc. Puis plus rien, des pas, des frottements, quelque chose de lourd qu'on traînait sur le sol ouaté. Un grognement d'effort. Quelqu'un s'éloignait. Manu serrait son cellulaire à le faire exploser. L'agression avait lieu en direct. Il démarra en trombe, l'oreille vissée à l'appareil. Il y eut, distinctement, un bruit de portière, puis de moteur.

– Grégory ! ! hurla le lieutenant.

•

Manu Gimenez arriva avenue Jean Jaurès moins de dix minutes après l'agression, malgré l'état de la chaussée. Il constata qu'un corps avait été traîné récemment sur deux mètres environ. Pas de portable. Nulle part. La neige n'avait pas encore recouvert les traces de chute, ni celles de semelles apparemment crantées. *Un bon quarante-cinq.* Il reprit sa route en sens inverse, plus vite que l'état de la chaussée ne le permettait, l'écouteur de son kit « mains libres » toujours en place ; Grégory n'avait pas coupé la communication et, ce serait peut-être sa chance, avait probablement glissé le cellulaire dans sa poche à en croire les bruits qu'il tentait d'identifier depuis. Manu Gimenez appuya sur l'accélérateur tout en lançant un appel radio. À se fier à ses détestables habitudes et s'il s'agissait bien de la même personne, l'individu ne resterait pas en ville. Son terrain de jeu, c'était la campagne. De toutes façons, un coin isolé. Manu Gimenez obliqua vers la gauche. Retour sur les lieux du crime. Mais quel crime ? Il hésita une seconde.

Pas le temps de jouer aux devinettes, fit le flic entre ses dents, réfléchis. Tu as un type inconscient dans ta bagnole, tu veux avoir la paix pour lui faire la peau, tu vas où ? *Là où tu as tes habitudes, ta planque et ta solitude…*

Soudain, dans son oreille, la trompe caractéristique d'un train, si proche.

La gare ! La voiture dérapa, Manu embraya, recula dans une impasse et repartit dans des gerbes de neige, direction la campagne la plus proche et le parc des Buttes-Chaumont. La radio répondit enfin : son message avait mis le central en effervescence, on lui envoyait des renforts :

– Gilets pare-balle, brailla-t-il, c'est pas un novice, le type, compris ?

– Maurin est avec vous, chef ?

– Il est pas loin, magnez-vous, direction le parc des Buttes-Chaumont, je vous dirigerai minute après minute ! Appelez la gendarmerie, qu'ils mettent en place le plan Epervier. Tous les accès barrés dans le périmètre !

– C'est comme si c'était fait. L'équipe de Favel est sur le point de partir. Et l'apprenti du garagiste, on en fait quoi ?

Manu pesta :

– Complètement oublié… Maurin a pris sa déposition ?

– Maurin est parti depuis midi ! On s'est chargé du gosse. Pour faire court, il avait une trouille d'enfer, il se souvient d'un mec avec une veste en cuir marron, grand, costaud, portant des gants noirs. On lui a montré une photo représentant Grégory Marchat en pied et on lui a passé la cassette où on l'entend. Tout ce qu'il a dit c'est qu'il n'en reconnaissait aucun.

– Merde, il a dit pourquoi ? le pressa Manu.

– Ouais, parce que le client qui a téléphoné était presque aphone.

Le cri de Manu retentit dans l'habitacle.

– Eh, chef, ça va ?

– Ecoute, Tréviers, tu restes à l'écoute, tu transmets tout sur la fréquence, je suis à une minute de la gare, attends… envoie les renforts sur la départementale, deux équipes, l'une jusqu'à la gravière, l'autre au croisement juste avant le parc des Buttes-Chaumont. On va savoir si l'assassin revient vraiment sur les lieux du crime… Je reprends contact dans dix minutes.

Manu dépassa les dernières habitations et aborda le secteur du parc des Buttes-Chaumont, scrutant l'obscurité que la tempête rendait instable. La ligne ouverte déversait dans son oreille parasites et bruits de fond. Des coups sourds retentissaient souvent, comme si la route était mauvaise. Aucun signe de vie. Manu n'aimait pas ça. Mais s'il faisait vite, la neige serait une alliée. Il fallait d'abord retrouver une voiture isolée.

Il activa le canal :

– Servan est rentré avec la 406 ?

– Négatif. Servan a fini son service.

– Contactez la voiture. Et Servan aussi. Je veux savoir où elle est. Fissa ! Nom d'un chien, attendez ! Je vous rappelle...

Manu freina à la hauteur d'une cabine téléphonique isolée près d'un arrêt de bus, en priant pour qu'elle fonctionne. S'il se trompait, il serait la risée de la police. Ce serait dans les annales, à n'en pas douter. Il s'accorda trente secondes de réflexion, les poings serrés sur le volant. Puis il fourra son portable toujours ouvert dans son manteau et courut jusqu'à la cabine. Numéro d'urgence. Tréviers écouta sans l'interrompre après lui avoir signalé que la 406 ne répondait pas.

– Je suis dans une cabine. Je dois vérifier quelque chose, seul. Je serai en vue du parc des Buttes-Chaumont dans quelques minutes. Si je n'ai pas repris contact dans vingt minutes, dirigez-vous sur le bois. Mon biper est opérationnel. De votre côté, passez la consigne de communiquer par les portables uniquement, je répète, les portables uniquement ! Vous entendez ? Appelez aussi Pénélope Bonnet et dites-lui qu'il y a contre-ordre, qu'elle file chez Grégory Marchat. Il y a peut-être d'autres indices, qu'elle voit ce qu'elle peut faire. Qu'elle fouille. Elle a mon numéro. C'est clair ? Autre chose. En urgence. Commencez la procédure de localisation d'un cellulaire, ça sera probablement trop long, mais c'est notre meilleure chance. Notez le numéro tout de suite. Notre Grégory Marchat a été enlevé et a un portable activé sur lui, ça s'appelle peut-être avoir du cul ! Mais ça va pas durer. Alors, à fond Tréviers, mettez un gars là-dessus !

●

Son front lui faisait un mal de chien. Enfin, il supposait que la douleur venait de là. En plus, ça saignait beaucoup. Tellement qu'il ne voyait plus rien. Les yeux ouverts, il faisait noir comme dans le cul de l'enfer. Ça sentait l'essence. Pourquoi ne voyait-il rien ? Cette odeur de vieux pneu… Son cerveau privé de vision lui envoya aussi sec un message alarmant. Il prit aussitôt conscience de l'exiguïté de sa prison, cloisonnée et étouffante. L'angoisse lui monta à la gorge aussi violemment qu'un retour de flamme dans un boyau. Enfermé ! Bouclé, avec juste assez d'air pour un souriceau ! Bien que n'étant pas du tout sujet à la claustrophobie, il ne tiendrait pas trois minutes. Mais la douleur irradiait son dos. Un coup de pied d'une brutalité inouïe remonta à sa conscience. Impossible de bouger les bras. La bouche sèche. Pleine. Et la panique. Et dans les éclairs, des souvenirs, des images anciennes. Le souffle trop court. L'air raréfié. Impossible de réfléchir. De l'air. Vite. Une seule pensée, aiguë, tendue : respirer. Cracher. Et entre chaque inspiration, des souvenirs : la naissance de ses petites sœurs, Lauriane et Laetitia, aujourd'hui âgées de vingt-quatre et vingt-huit ans, sa rencontre avec Rebecca, l'otention de ses diplômes… La vie prise au piège. Respirer à tout prix. Rebecca, je t'aime. Pas assez d'air. Clément, tu vas me manquer. Vite. Je plonge. J'ai froid. Jamais eu froid comme ça.

•

La neige n'avait pas faibli. Au contraire. Manu n'y voyait pas à dix mètres et la départementale était mal fichue sur ce tronçon, avec ses bas-côtés remontants, si bien que des congères s'effondraient peu à peu, bleuissant dans les faisceaux blancs des phares.

Les pneus accrochaient la poudreuse tandis que Manu entrait sur les terres du parc des Buttes-Chaumont. Au fond de son oreille droite, il entendit sonner onze coups à un clocher, quelque part, plus bas. L'homme n'était peut-être pas si loin. Comment avait-il pu se jouer de lui, de tous, à ce point ?

Le clocher le plus proche devait être celui de Pantin, à moins de cinq kilomètres. Si ses calculs étaient bons, l'homme ne pouvait pas avoir plus de cinq à sept minutes d'avance sur lui. Les vibrations dans le micro cessèrent. Il freina aussitôt, retint la voiture qui partait en biais, la stoppant contre un champ. Et écouta. Il y eut un choc, comme une portière claquée, un frottement prolongé. Ni cri, ni gémissement. Manu poussa le minuscule écouteur dans le pavillon de son oreille. La communication empirait, coupée par intermittence de stridences nocturnes. Il sonda le silence. L'espace qu'il devinait entre eux emplissait les ondes, glaçait les sons et les dénudait jusqu'à la fibre. Manu ferma les yeux, tendu comme un seul muscle. Loin, mais si proche dans l'oreillette, une sorte de ronronnement commença à fondre dans la nuit, un vrombissement grave, régulier, brassant la distance comme une aile, sur une tonalité liquide, quelque chose d'ample et de doux, un chant incompréhensible vibrant dans les basses, doublé d'un bourdonnement humain. Une mélopée pénétrante qui commença lentement mais sûrement de l'anesthésier. La voix semblait du feutre sur une corde de mi, s'allongeait, interminable, nourrie d'un souffle profond. La voix s'étirait entre ses tempes, baignant son cerveau de langueur, suggérant la fatigue et le sommeil. Manu luttait, cramponné au volant, les yeux perdus dans la neige, et la nuit chantait aussi contre le pare-brise bombardé de millions de flocons. D'ailleurs, la vitre armée montrait des signes de faiblesse, on aurait dit de l'eau troublée par un jet de pierre. Manu résista encore. Des échos faisaient onduler le verre, ses doigts s'enfonçaient dans le cuir, sa nuque s'affaissait, des fourmis montaient le long de ses jambes et il n'arrivait plus à bouger. Comment tenir ? Le sommeil le gagnait, le prenait dans ses bras mous et noirs, tandis qu'un reste de colère l'empêchait de sombrer. Se retenir à ce ruban psychique. Arracher l'oreillette. Vite. Avant de lâcher prise. Arracher... Il eut le temps de voir la neige rougir au centre de son champ de vision ; comme aspirée dans un siphon, sa conscience l'abandonna soudainement.

•

Grégory reprenait conscience pour la deuxième fois. Il ouvrit les yeux dans une pénombre épaisse et sentit le sang coagulé sur sa tempe droite. En une fraction de seconde, il comprit : ses poignets menottés, sa blessure, l'obscurité, la façon dont il était ballotté dans cet espace réduit. On l'avait enfermé dans le coffre de la 406 et la voiture roulait à vive allure. Le bâillon dans sa bouche était mal ajusté, mais la peur lui nouait la gorge. La peur et sa charge d'adrénaline. La voiture vira sec et cahota davantage. Puis le bitume. La trompe d'un train pas loin. Le souffle court, Grégory écoutait. Il lui semblait que son cœur cognait trop fort, couvrant les bruits extérieurs. Il essaya de se calmer. « Respire avec le nez, respire moins vite ».

La voiture ralentit, s'arrêta. Puis repartit, en croisa une qui klaxonna. Le régime du moteur augmenta.

●

Manu Gimenez rêvait, le menton sur la poitrine, agité de longs frissons. La voiture penchée blanchissait doucement, dans le chuintement glacé des flocons. Sa montre émit un bip discret à vingt-trois heures quinze.

Le rêve était profond. Un puits. En bas, une incandescence vibrait dans un tourbillon de particules. En bas. Tout au fond. Accueillante et salvatrice. Une silhouette flottait au bord du gouffre. Il s'approcha et le reconnut de suite : sa bouche était pleine de lumière, ses mains liées dans son dos. Une marque saignante de lanière coupait sa joue. Grégory Marchat flotta vers lui. Ses yeux lui désignèrent le fond du goulot lumineux : la croix d'un calvaire s'y découpa l'espace d'une seconde.

●

Le salaud l'avait encore cogné. Un coup de coude à lui casser le nez juste avant de le sortir du coffre. Mais avant, il avait eu le temps de souffler quelques mots vers le portable. Forêt, calvaire, cagoule, menottes, diamant, danger, armé…

●

La porte était entrouverte quand Pénélope arriva chez Grégory. Sur la table du salon, elle trouva une paire de baskets blanches, pointure 45 ; un clou d'oreille serti d'un petit diamant était enfoncé dans la semelle droite. Un mot griffonné à la hâte avait été coincé dans la chaussure gauche.

« C'est pas Servan qui attend devant chez moi. Le lieutenant Gimenez le sait sans le savoir. Il faut que quelqu'un s'en assure. J'y vais. Suivez-moi comme le Petit Poucet, je garde la ligne ouverte. Je suis le Marchat du septième jour. Il ne me tuera pas. Enfin, j'espère… »

Pénélope se mit à trembler. Il lui fallut quelques minutes pour se calmer et trouver le numéro qu'elle cherchait. Elle rafla tous les indices et la lettre. A l'abri de sa Rover, elle composa le numéro :

– Clément Morel ?

L'homme qui avait décroché avait déjà compris l'urgence.

– Je suis tout près, donnez-moi trois minutes.

Il gara sa voiture moins de deux minutes après.

– S'il faut crapahuter, mieux vaut prendre votre voiture. Je conduis, vous me briefez.

Pénélope boucla sa ceinture et ils se dirigèrent à vive allure vers la sortie de Paris.

– Vous savez qui c'est ? demanda enfin Clément après avoir lu les mots écrits par Grégory.

La bouche crispée, Pénélope ouvrit son blouson et en extirpa un calibre 38 à canon court qu'elle posa sur ses genoux. Puis elle ferma les yeux et prononça un nom. Il lui jeta un regard suffoqué. Les jointures de ses mains blêmirent sur le volant.

– Vous en êtes sûre ? Vous avez des preuves ? Et le lieutenant Gimenez ?

– Je n'arrive pas à le joindre, sa ligne est occupée en permanence. J'ai appelé au moins vingt fois et laissé un message. Il faut qu'il sache qu'il est sur la bonne piste, mais que c'est d'autant plus dangereux.

– OK, Pénélope, Grégory m'a dit que vous étiez journaliste... un métier périlleux semble-t-il... d'accord, plus tard les questions. Je ne sais pas si je peux être utile à quelque chose, je ne suis pas armé mais je peux toujours vous conduire. À partir d'ici pour rejoindre le parc des Buttes-Chaumont au plus vite, on est obligé de passer par...

– Foncez et faites-moi confiance, Clément, j'ai un port d'arme en règle et je sais m'en servir.

Pénélope resserra sa queue-de-cheval et rajusta son bonnet. Elle soupira et se remit à parler :

– Je n'ai pas attendu que le lieutenant Gimenez me rappelle. Quand il m'a dit ce qu'il soupçonnait, je suis restée sous le choc quelques minutes. Il risquait très gros s'il se trompait de cible. J'ai eu peur pour lui. J'ai toujours peur pour lui, et pour Grégory. Depuis une heure, je sais qu'il a raison. Il m'a dit « fouille ». Alors j'ai voulu vérifier à fond. C'est illégal, mais c'est le dernier de mes soucis. Je ne croyais pas dénicher de preuve suffisante. L'homme est bien trop malin. Mais ce que j'ai trouvé est effroyable, c'est un malade. Je ne sais pas comment je fais pour ne pas hurler.

– Tâchez de garder votre remarquable sang-froid et continuez…

Pénélope sembla chercher une trouée dans les bourrasques. Son regard se posa sur la nuit, elle releva le menton et reprit d'une voix blanche :

– Je connaissais son adresse pour l'avoir suivi une fois. Une seule fois. Un immeuble du centre-ville. Quatrième étage, sans ascenseur. Porte blindée, sécurité maximum. Inviolable ou presque. Il y avait bien une corniche sur l'arrière-cour. Cinq centimètres de large. Avec la neige, complètement casse-gueule. Le genre d'exercice et d'effraction qui me stimule… J'ai trouvé une toute petite fenêtre ouverte, heureusement que je ne suis pas grosse. Elle donnait dans la salle de bains, j'ai écouté. Personne à première vue, pas de chien de garde. Alors, j'ai foncé. Grand appartement. Salon immense. Au milieu trois gros billots de bois, comme tronçonnés dans un arbre brut, une grande télé, un aquarium volumineux où un seul énorme poisson ondulait dans des herbes bleues, c'était surprenant de tristesse et de solitude. Grande bibliothèque, beaucoup de livres. Et des Bibles. Des dizaines de Bibles identiques. J'ai commencé à tiquer. J'ai ouvert des tiroirs, fouillé des papiers, cherché derrière les rayonnages. Rien. Des Bibles à la douzaine ne prouvent rien. La cuisine ne cachait rien, tout était très propre, très ordonné. Il y avait deux chambres aux volets fermés. La première avec un grand lit et des étagères pliées par le poids de gros galets, une table de chevet et une boîte d'Atarax presque entière. Une penderie d'homme célibataire. Aucune photo. Nulle part, aucune trace d'une famille, d'un père, d'une mère ou d'une compagne. Aucune image au mur. Nulle part. Pas de tableau, pas d'affiche. Pas de bibelot non plus. J'ai réalisé que c'était le cas dans toutes les pièces que j'avais visitées. Les murs étaient nus, tendus d'une sorte de rabane, et les portes recouvertes de brindilles tressées. Je me sentais bizarre. L'endroit ressemblait à une crypte préservée des éléments, ça ne me plaisait pas. Quand j'ai ouvert la porte de la deuxième chambre, j'ai allumé et ça m'a sauté à la figure. D'abord les photos sur le mur, face à moi : celles que l'on fait à l'autopsie. Ils étaient tous là, le vieil homme électrocuté, la veuve Marschat, le noyé et la pauvre Emeline recroquevillée. Gros plans et vues générales. Des dizaines de photos effroyables. J'ai cru que je n'irais pas plus loin. Il y avait un bureau, une chaise, un petit divan. Dessous, un coffre en plastique. Dedans, des produits chimiques, acide sulfurique et chlorhydrique, gants de latex et de caoutchouc, seringues jetables, coton, ampoules, chiffons et un rouleau de câble électrique. Le coffre n'était pas plein. C'est pas fini… Le tiroir du bureau était fermé à clé. Je l'ai forcé. Il y avait un holster vide, et des carnets. Six petits carnets à couverture noire comme celui-ci…

Pénélope en exhiba un de sa poche.

– C'est *la* preuve. La seule qui vaille devant la justice, hormis le flagrant délit. C'est justement ce que cherche à provoquer Grégory. Il risque sa vie inutilement. La plus terrifiante confession qui soit est là. J'ai pas tout lu. Manu saura si c'est son écriture. Personnellement, je n'ai aucun doute. Tous les meurtres y sont consignés avec une précision chirurgicale, tout est dit, c'est cauchemardesque. Et le pire, c'est que nous croyons à quatre victimes, n'est ce pas ?

La jeune femme s'interrompit, Clément bifurquait vers le parc des Buttes-Chaumont et appuyait sur l'accélérateur rageusement. La neige tombait toujours et la campagne résonnait comme une vaste coupole.

Concentré sur la conduite, il posa la question d'une voix sourde :

– Combien il y en a ?

– Six. *Six plus un.*

●

Clément avait serré les dents. Pénélope s'était tue, et avait vérifié le chargeur de son arme.

« J'avais pas tout vu » rajouta-t-elle. En se penchant pour fouiller plus loin le tiroir, elle l'avait enfin remarquée, piquée sur le dossier de la chaise. Ses yeux n'avaient pu s'en détacher et la nausée l'avait envahie. Elle s'était appuyée au chambranle de la porte, le temps que le malaise passe. La peur était restée, cramponnée à son ventre. Depuis, elle s'efforçait de la contenir. L'adrénaline avait fait le reste. La note, elle l'avait glissée dans le petit carnet. Clément l'avait lue ; deux lignes qui témoignaient de la perfidie extrême du personnage : *Salut, petite. Tu as trouvé ce que tu cherchais ?*

Elle n'avait rien dit à personne. Seul Manu, s'il pouvait lire sa messagerie, saurait à quel point il touchait au but. À quel point le meurtrier était incontrôlable. À l'heure qu'il était, peut-être Grégory savait-il aussi. Rien ne permettait de le croire vivant. Pas plus que mort, d'ailleurs. De la célérité de chacun dépendait la vie de deux personnes au moins, sans compter les hommes de Favel. Où était Maurin ? Qu'attendait-il au juste ?

« Il faut lâcher le morceau, Pénélope, même si le lieutenant Gimenez est contre. Il en fait une affaire personnelle, vous ne comprenez donc pas ? Il veut régler ça tout seul, c'est de la folie ! La donne a changé, on ne peut pas jouer à quitte ou double avec la vie, c'est trop me demander en tous cas. Si vous ne parlez pas, je le ferai, et dans la seconde. Décidez. Vite ! »

Pénélope savait que Clément Morel avait raison. Quand le commissaire Favel avait pris la communication, elle s'attendait à une engueulade. Ce fut un déluge.

●

Extrait du carnet numéro six, daté du 1er décembre.

« ... celui-là, je le garde pour le petit Grégory. Il va être aux premières loges, ça lui apprendra à se rebiffer. En plus, Marschas est un bourgeois minable. Il ne gueule pas, il a l'air déjà foutu et il prie. Marschas a un faible pour les cérémonies. Je lui ai trouvé un calvaire, quel vilain jeu de mots. Est-ce que tu as déjà vu mourir un homme, petit ? Est-ce que tu auras assez de cran pour essayer de m'en empêcher ? Quelle délectation ce serait ! Comment t'y prendras-tu ? Je ne suis pas un de ces paumés qu'on peut acheter avec une dose d'humanité. Il n'y a pas d'humanité dans cette ville, pas d'innocence hors de l'enfance. Vous êtes tous incapables de la préserver. Il faut que quelqu'un s'en occupe. Dieu m'a désigné après avoir soumis l'enfant que j'étais aux six épreuves. La lumière m'a renforcé, le ciel m'a élevé, la terre m'a développé, l'eau m'a purifié, le feu m'a absous et l'animal m'a donné l'instinct. Tu vas voir. Ils sont deux. Des mâchoires comme des herses ! »

•

Sa tête était un tambour. Sa nuque poissait. Son cuir chevelu avait éclaté au-dessus de son oreille droite et le sang avait séché sur sa joue et son menton. On avait attaché solidement ses poignets et ses chevilles, et on lui avait enlevé ses *Paul Smith*, mais pas ses chaussettes trempées. Vaguement, il perçut le signal de son portable qui se déchargeait irrémédiablement. Le portable ! Un fil d'Ariane

qui finissait de craquer. Pourvu que… Lieutenant Gimenez…
vous m'entendez ? Lieutenant Gimenez ! J'ai besoin d'aide ! »

Sa gorge lui faisait trop mal pour articuler. Il remua les
orteils et frissonna de tout son corps. Dans son dos, une stèle
glacée, contre laquelle on l'avait appuyé, se dressait dans
l'obscurité. Ses yeux lui obéissaient mal, ses muscles endoloris
réagissaient à retardement. Il ne comprenait pas comment il
était arrivé là. La peur remonta peu à peu à sa conscience, au
fur et à mesure qu'il émergeait d'un sommeil artificiel. La
peur et sa chimie subtile connectant les heures entre elles,
ravivant sa mémoire. La peur, la vraie, celle qui pouvait
sauver. Ses fluides blêmes stimulaient son métabolisme en
même temps que son raisonnement. La peur la plaqua à la
roche : juste au-dessus de lui, dans la lueur tremblante de deux
lampes-tempête, s'élevait une épaisse croix de granit.
« Lieutenant Gimenez ! C'est une croix en pierre, là… ».

Le dernier signal, trois bips, mourut dans sa poche : le
portable était hors service.

Grégory étouffa un cri de panique et se traîna comme il
put hors de la zone éclairée. Le terrain s'inclina, il bascula, sa
tête cogna contre une aspérité et se remit à saigner. La neige
but à sa blessure.

Une silhouette surgit alors de sous les arbres :

– Laisse pisser, Marchat. C'est rien, ça.

L'homme se tenait à quatre mètres de lui. Même si la
neige faiblissait, il faisait trop sombre pour le reconnaître,
mais Grégory connaissait cette voix… Il était grand, massif,
un manteau long le couvrait jusqu'aux chevilles. Son visage

était cagoulé. Grégory eut un haut-le-cœur quand il s'approcha : deux chiens muselés tiraient sur les laisses qu'il tenait d'une seule main. Deux mastiffs énervés, bavant dans le cuir de leurs muselières, qui grondaient et couinaient chaque fois qu'il les freinait d'un coup sec du poignet.

– Je vous connais, lui jeta Grégory.

L'homme s'arrêta. Grégory, tétanisé, fut en mesure de distinguer les deux pitbulls, et sous le masque, les yeux gris.

– Alors ? Tu as aimé ma berceuse ? Tu en veux plus, Marchat ? C'est bien ça, hein ? Tu veux être le premier à savoir ? Tu vas savoir, mais tu seras aussi le dernier. Alors, serre les fesses, petit, et n'en perds pas une miette ! Tu peux m'appeler Georges, on est entre nous… Oh ! Plus de portable, hein ? La technologie a ses limites. T'inquiètes, il saura nous trouver. J'ai fait ce qu'il faut…

●

Manu donna du front dans le volant. Il ne neigeait presque plus, mais le pare-brise était totalement occulté. Il avait mal à la tête. Sa montre marquait vingt-trois heures quarante-cinq. Jamais il ne s'était évanoui de cette façon. La faute à ce chant étrange ? En tous cas le réveil était rude, le rêve et l'angoisse persistaient. L'image d'une croix s'imposa. Il actionna les essuie-glaces. Le portable de Grégory ne fonctionnait plus, et le sien commençait à fatiguer quand il perçut le signal d'appel.

– Manu ! Je t'appelle sans relâche depuis deux heures ! Où es-tu ? Ça va ? Tu as lu mon message ?

Clément repéra le chemin rapidement. La Rover s'engagea dans le bourbier, tandis que Pénélope résumait la situation. Les phares puissants trouèrent la nuit. En moins de deux minutes, le tout-terrain s'immobilisait derrière l'Audi du flic. Pénélope monta à côté de lui, et lui ordonna :

– Fonce.

Les deux voitures repartirent ensemble dans un chemin vicinal que la neige rendait incertain, droit sur le parc des Buttes-Chaumont. Dès cette minute, les choses commencèrent à se précipiter. Tréviers appela pour donner la position du cellulaire de Grégory. Apparemment en plein bois. La triangulation aux émetteurs avait réussi. Si le portable était toujours en sa possession…

Le lieutenant le coupa :

– Il y a une croix quelque part dans le bois ? Ou autour ? Vite, Tréviers !

– Oui chef, attendez, je vérifie sur la carte… Je l'ai, calvaire du parc des Buttes-Chaumont ! Sur la butte, quasiment au centre du bois, ça pourrait bien correspondre à la position de notre Grégory Marchat. Je fais confirmer.

– Merde, je suis medium, râla le flic, manquait plus que ça… Dirigez les renforts de gendarmerie dessus ! Est-ce que leur hélico est opérationnel ?

– Affirmatif, lieutenant. Ils viennent de décoller, la météo annonce une accalmie, mais la visibilité est mauvaise.

Les deux voitures roulèrent encore sur quelques centaines de mètres. Le chemin virait au fossé. Enfin, le bois les arrêta, massif, compact. Une armée.

– Vous tenez à venir ? demanda Manu Gimenez à Clément.

– C'est de mon ami qu'il s'agit. Vous n'avez pas l'intention de me faire garder les bagnoles ?

– OK, vous êtes une mule, vous aussi. Prenez une torche.

Ils partirent droit sous les hêtres. Plein nord. Quelque part dans le bois sonnèrent des aboiements.

●

L'homme fit volte-face, émit un sifflement étrange et les chiens le suivirent, collés à ses jambes. Il les attacha à un tronc. Ensuite il alluma une troisième lampe. Grégory respira plus vite et tenta de se recroqueviller davantage sur lui-même. Les flocons s'espacèrent, le calvaire noircit sur la butte. Ses liens l'empêcheraient de fuir, quoi qu'il fasse. Le monstre avait tout prévu. Mais jusqu'où ?

– Eh, Georges ! cria-t-il, expliquez-moi ! Vous voulez quoi ? Vous cherchez qui ?

L'autre halait maintenant des cordes contre un grand hêtre. Sans répondre, il s'arc-bouta et fit descendre lentement quelque chose des hauteurs, quelque chose qui se prit dans les branches à plusieurs reprises. Il pesta, souffla, fit contrepoids en s'aidant d'un tronc proche, tout en continuant d'ignorer Grégory, dégagea péniblement l'énorme paquet qui finit par glisser le long du tronc ruisselant, et par tomber lourdement sur le sol. Les chiens se dressèrent aussitôt en grondant. Il les fit taire d'un jappement rauque. Ils se couchèrent. Puis il vint vers lui, l'attrapa par le col de sa veste en cuir et le traîna sous le couvert des arbres.

– Regarde, espèce d'amateur.

Il retourna le paquet. C'était une housse de plastique. Il défit le mousqueton, desserra les cordes et tira sur la fermeture-éclair.

– Regarde, petit. Regarde ! ! ! hurla-t-il soudain au visage du pauvre Grégory qui tremblait de tous ses membres.

Une figure exsangue apparut, des yeux clos, une bouche bâillonnée, coupée de gerçures affreuses, un buste nu, bleu, un corps sans réaction qu'il extirpa de sa gangue de plastique comme on vide un poulet, avec brutalité, et qu'il fit glisser dans la neige en riant.

– J'te présente Edmond Marschas, l'homme au pyjama.

– Vous êtes fou…

– T'es un expert ! Quelle heure est-il ? Vingt-trois heures et quarante-huit minutes. J'ai un peu de retard, mais ça ira…

– Ce type est vivant ! s'écria Grégory, il faut le réchauffer ! Il faut l'aider ! Reprenez vos esprits !

– Ta gueule, Marchat, t'es trop bon, c'est écœurant ! rétorqua Maurin en revenant vers lui. Et son poing lui cassa le nez.

La douleur fila jusque dans ses épaules. Le sang goûta dans la neige.

S'évanouir. Surtout ne pas voir, ni entendre la fureur froide de Maurin. S'évanouir, pria Grégory en dedans. Non. Gagner du temps. Le ralentir… C'est un cauchemar. J'aurais pas dû prendre de codéine.

Ses yeux se rouvrirent malgré lui ; il vit avec horreur que Maurin avait traîné sa proie sous le calvaire. Déjà, il amenait les chiens et retirait leur muselière. Un ordre bref les libéra, Grégory hurla quand il les lâcha. La boucherie commença. Il hurla pendant les deux minutes que dura la curée. Les molosses se jetèrent sur le corps inerte d'Edmond Marschas avec des grognements de rage. L'un le prit immédiatement à la gorge, l'autre au ventre. Le sacrifié eut un sursaut qui le fit rouler sur lui-même ; il se tordit comme un ver ; ses cris étouffés semblaient sortir de la gueule du pitbull. Grégory détourna la tête et se mit à vomir. La neige rougit sous le corps. Un râle terrible monta dans la nuit. Soudain, Marschas cessa de lutter et ne bougea plus. Les chiens le mirent en pièces et lui ouvrirent le ventre. Maurin fumait, à l'écart, hypnotisé par la scène.

— Arrêtez ça ! Arrêtez cette horreur ! Vous êtes fou !

Imperturbable, l'homme laissait faire les pitbulls, sans les lâcher des yeux. Au bout d'une minute, il siffla entre ses dents. Les chiens s'immobilisèrent ; il siffla une seconde fois, ils hésitèrent, le poitrail dans la neige ; un ordre sec fusa et ils vinrent en gémissant se coucher à ses pieds, le mufle rougi et le souffle court. Il les rattacha aussitôt au plus près d'un tronc. Les bêtes haletaient.

— Et de six. Ils sont méchants, mais c'est dans leur nature, commenta-t-il en s'agenouillant tout contre Grégory. Sais-tu, pauvre candide, qu'il y a des humains aussi cruels ? Des bêtes immondes qui s'attaquent aux plus faibles, aux plus confiants ! Aux plus petits !

– Je sais, mais pas moi ! Vous me prenez pour un autre ! Comment pouvez-vous croire ça ? Et faire ça ? C'est pour ça que je suis là ?

– Oui, Marchat, à un détail près. Ecoute !

Le ciel noir s'était vidé. Quelque part en contrebas, un clocher égrena douze coups.

– Il y eut un soir, il y eut un matin... Ce fut le septième jour.

Grégory poussa sur ses talons, comme si un mètre de plus pouvait le mettre à l'abri...

– *Numero deus impare gaudet,* murmura Georges, le nombre impair plaît à la divinité... Dieu aura ses sept offrandes...

Désespéré, Grégory tenta sa dernière chance. Une diversion. Entrer dans son délire sans l'alimenter. Contrer sans agresser. Créer un espace sans émotion. Surtout maîtriser les verbes. Et dissimuler sa terreur. Se rappeler ce qu'il avait lu dans la Bible. Son excellente mémoire lui dicta les premiers mots :

– « *Dieu eut achevé le septième jour l'œuvre qu'il avait faite, et il se reposa le septième jour de toute l'œuvre qu'il avait faite. Et Dieu bénit le septième jour et le sanctifia, parce que ce jour-là il s'était reposé de toute son œuvre.* » Il contempla son œuvre ! C'est dimanche, Georges, dimanche, Dieu *impose* le repos ! Pourquoi me tuer et prendre le risque de *l'offenser* ? Le cycle *se referme* sur le septième jour, vous le savez. Ce jour qui commence est celui de la contemplation. Vous le savez, n'est-ce pas ? C'est la *règle* !

– Tu as raison, petit, chuchota l'homme à son oreille, personne ne veut te tuer, Marchat ! Personne ! C'est toi qui vas tuer, pauvre idiot !

●

Quand j'aurai Grégory Marchat, j'irai au calvaire avec lui. Il verra tomber le sixième, de ses yeux, je veux que ça lui troue l'âme et qu'il s'en souvienne. Je veux qu'il commette l'irréparable. Qu'il connaisse l'ivresse du meurtre. Qu'il se soumette à Sa Volonté. Alors, je contemplerai mon ouvrage. Et je pourrai tirer ma révérence. Depuis cinq ans, ma charge s'est alourdie jusqu'au supplice. Je ne dors plus que vingt à trente minutes par nuit. L'Atarax n'y fait plus rien. J'ai de plus en plus de mal à me maîtriser au boulot, j'ai peur de craquer avant la fin. Une gaffe l'autre jour avec Gimenez qui n'est plus le jeune homme inerte que j'ai retrouvé après l'accident. Ai dit que je connaissais le tabac des Middleton's. Je dois faire attention à chaque seconde. Trente-cinq ans que je suis blanc comme neige... Ne pas entacher ma réputation de colosse incorruptible. Pour aller jusqu'au bout. Il n'y a plus que ça qui me soulage. Les savoirs inoffensifs et dociles, dans la mort. Ils m'ont sali au-delà de tout cauchemar. Ils ont brûlé mes bras et mes poignets avec leurs cigarettes. Œil pour œil... Mon seul regret est de frapper à l'aveugle. Je ne peux pas me souvenir. Je ne peux pas ! Je les frapperai, eux ou leur famille, je punirai sans attendre davantage, avant qu'ils comprennent. Car le petit Marchat avance droit sur moi, il finira par me percuter. *Si il ne comprend pas encore, il sent tout. Comme s'il avait un sixième sens. Il ne sait pas encore l'utiliser, mais si je ne l'arrête pas, il va m'empêcher de finir. Je tiendrai pas longtemps. J'ai beau tout nettoyer, je commence à faire des erreurs. Heureusement, mes incohérences calculées les sèment encore. Vivement l'ultime dimanche. Les chiens n'ont pas mangé depuis trois jours...Il va neiger, j'en suis sûr.*

Septième jour (0 heure 3 minutes)

Le commissaire Favel et ses hommes tombèrent sur la 406 verte, à mi-parcours d'un chemin forestier qui s'avéra impraticable au-delà. Favel avait tenu à contourner le parc des Buttes-Chaumont par l'est, pensant prendre le meurtrier à revers s'il paniquait et peut-être lui couper sa voie de secours. Ce n'était pas si mal vu. La présence de la 406 à cet endroit prouvait qu'il avait semé le lieutenant Gimenez en rallongeant sciemment son parcours d'un bon kilomètre. Apparemment, l'homme se fichait pas mal de se faire prendre ; ça augurait des pires intentions. S'il n'avait plus rien à perdre, il ne ferait de cadeau à personne. Quatre des six hommes s'enfoncèrent rapidement dans le sous-bois, les torches braquées sur ce qui subsistait d'un ancien passage. Les deux autres dirigeraient l'équipe des gendarmes à pied.

La neige, moins épaisse sous les hêtres, craquait sous les pieds. Ils progressaient ainsi depuis trois cents mètres environ, les pas des uns dans ceux des autres, sur deux fronts, quand un cri rauque fila jusqu'à eux, un cri qu'ils estimèrent assez proche pour se mettre à courir.

– Qu'est-ce qu'ils foutent avec l'hélico ?

– C'est pas le moment, cours !

– J'aime pas la campagne !

Ils coururent en ligne droite, sur près d'un kilomètre, dans le labyrinthe des hêtres, tous pareils à la lumière crue des torches. Deux d'entre eux crachaient leurs poumons, plus bas.

Le commissaire Favel dégaina et imposa le silence. Des chiens se remirent à hurler.

– Le calvaire doit être à moins de cinq cents mètres d'ici. Silence radio, grouillez-vous, athlètes de mes fesses ! Déployez-vous serrés ! Si tout va bien, nos hommes sont en face. On tire s'il faut. Je ne vous fais pas de dessin.

●

Pénélope ouvrait la marche. Manu Gimenez et Clément se maintenaient derrière, à une cinquantaine de mètres. Sa condition physique lui donnait l'avantage, mais de savoir les deux hommes dans son dos la réconfortait. Elle courut jusqu'à la limite de la crampe, le cœur pulsant, la torche dansant sur les écorces, et, quand elle déboucha soudain sur la butte, dans le vacarme des chiens, la scène brisa son élan, comme un mur invisible.

Sous la découpe noire du calvaire flanqué de lampes mouvantes, Grégory Marchat et Georges Maurin se faisaient face, se visant l'un l'autre de leur arme respective. Cinq mètres à peine les séparaient. Pénélope sentit la terreur la tétaniser.

– Voilà la petite pute, cracha Maurin, c'est bien ça ? Tu as fait vite ! Tu m'as amené du monde, au moins ? Pourquoi tu dis rien ? Je t'explique. J'ai donné un 38 à Grégory Marchat, et il va me tirer dessus. Sinon, c'est moi qui tire. Tu vas voir, c'est simple. Le problème, c'est qu'il ne veut pas. Alors, j'ai pas le choix.

Maurin passait pour le meilleur tireur de la police. Il toucha Grégory dans le gras de la cuisse, qui tomba à genoux, et dont le cri se mêla à celui de Pénélope qui dégaina.

– Tire, Marchat. Et toi, dit-il à l'adresse de Pénélope, si tu fais un mouvement, je t'envoie à l'hosto. Tire Marchat, j'te dis, la trouille te fera viser juste. C'est ton jour. Tu vas passer de l'autre côté du miroir. Laisse parler la peur, tire ! Vite, ou je m'énerve !

La seconde balle traversa son épaule gauche. Grégory gémit en basculant dans la neige.

– Tire, Marchat, j'en ai d'autres. Je sais où ça fait très mal sans tuer.

Grégory se redressa. La stupeur marquait ses traits. Le regard durci par la douleur, il leva enfin son arme. Sa blessure saignait sur son bras jusqu'au bout de ses doigts raidis. Il eut juste le temps de reconnaître le visage du lieutenant Gimenez derrière la stèle.

– Gimenez ! exulta Maurin, on t'attendait plus ! Qu'est-ce que ça fait de redevenir fort ? Hein ? Tu as aimé ma chanson, tout à l'heure ?

– On va en parler, Maurin. Pose ton arme. C'est inutile de continuer. C'est fini. C'est dimanche, Georges. Tu peux te reposer. Tu m'entends ? C'est fini. Pose ton arme. Viens à l'abri…

Ces derniers mots semblèrent toucher le vieux flic un bref instant. Il se tourna vers son ancien coéquipier et arracha sa cagoule.

– Tu as l'air de croire que plus rien ne peut arriver maintenant que tu es là ! Quel orgueil ! C'est ta taupe qui t'a filé la pêche ? Bouge pas, Gimenez, tu sais pas tirer ! Je vais te montrer, regarde Marchat ! Le genou, d'accord ?

Mais le ciel vira au turquoise dans un bruit de pales. Maurin visa et appuya sur la détente. A la même seconde, une détonation lui vrilla les tempes et il lâcha son 38, la main éclatée par le tir plus rapide de son adversaire, Grégory.

●

La butte, éclairée comme un manège, fourmillait de policiers et de gendarmes. Grégory Marchat, assez gravement blessé, fut hélitreuillé et conduit aux urgences. On réduisit les pitbulls au silence, Georges Maurin fut arrêté et emmené, escorté de huit policiers et neuf gendarmes, que l'incompréhension rendit solennels. En passant devant Manu Gimenez, il lui sourit et lui demanda simplement de rallumer son cigarillo. Maurin n'articula plus un mot à partir de ce moment.

Epilogue

Les horribles carnets de bord de Maurin livrèrent leurs secrets.

Le premier démarrait peu après son accident. Georges y avait consigné ses insomnies, la découverte des modifications de son larynx et de sa voix, et ce qu'il pouvait en tirer. Il disait « qu'il dormait de moins en moins, sans trop souffrir, mais qu'il avait des pensées impures, d'une violence croissante ». Quand il se couchait, des souvenirs terribles le tenaient éveillé. S'il s'endormait enfin, il échafaudait en rêve des plans pour tuer *des gens*. Peu à peu, il s'était mis à singer dans la réalité la préparation de ces homicides virtuels. Au bout de quelques années, c'était une véritable et douloureuse obsession. Le carnet révéla aussi que Georges, né sous X, avait adopté à sa majorité le nom de sa grand-mère paternelle. « Je n'ai que ce patronyme pour me nommer moi-même, celui d'une vieille femme et d'un père que je n'ai pas connus, un nom comme un autre, sans saveur, sans histoire. Ils sont tous morts. »

Les recherches entreprises sur son identité ne donnèrent rien. Il n'y avait aucune trace, aucun document sur ses origines. C'était incompréhensible. À l'assistance publique, on se défendit de la moindre négligence. Qu'un dossier disparaisse était rare, mais possible.

Le cinquième carnet datait de novembre. Rédigé au crayon, il décrivait en détail la préparation et l'exécution de Théodore Marchas à l'aide d'un cardiographe « boosté », le vol du matériel dans un magasin spécialisé sous couvert d'une vérification de police, ainsi que celui des papiers d'identité appartenant à Grégory au cours de sa deuxième visite au commissariat. Chaque fois que nécessaire, Maurin n'avait pas hésité à se servir de sa position et de son autorité pour entrer où il voulait, aussi facilement qu'un invité de marque. Théodore Marchas avait été sa première victime.

Quant au dernier carnet, il indiqua, entre autres horreurs, où Herbert Marcha avait été enterré. Son corps fut exhumé de sa tombe sommaire, à deux pas du calvaire, dans une minuscule clairière où le soleil revenu excitait les merles. Le docteur Morel pratiqua l'autopsie et déclara que l'homme avait tant gratté la terre de ses ongles que ses doigts étaient écorchés jusqu'aux phalanges. L'asphyxie avait dû tarder. Sa gorge, sa trachée et ses sinus étaient claffis de débris végétaux et de vers blancs. Sa langue avait été en partie dissoute post mortem par l'acide formique d'une colonie de fourmis rouges. L'équipe médico-légale, qui pourtant en connaissait un rayon question barbarie, insista sur l'expression de terreur absolue inscrite sur le visage de la victime.

On examina la paire de baskets blanches quasiment neuves, pointure 45, que Maurin reconnut comme les siennes. Sous la semelle gauche, un petit diamant était enchâssé dans la gomme sur sa tige d'or.

●

Georges Maurin fut jugé et reconnu coupable de six meurtres avec préméditation, et de tentative de meurtre sur Grégory Marchat, puis condamné à perpétuité et placé en quartier d'isolement. Les experts psychiatres qui l'examinèrent et l'interrogèrent à de nombreuses reprises conclurent à sa responsabilité dans les faits qui lui étaient reprochés. Georges Maurin fut classé parmi les psychopathes extrêmement dangereux et soumis à un traitement psychotrope régulier, destiné entre autres à réguler son humeur et à limiter sa capacité d'influence sur autrui par le truchement de sa voix. Il fut démontré, mais pas expliqué pour autant, qu'il était en mesure de modifier la vigilance cérébrale de son interlocuteur en utilisant la diplophonie. Un psychiatre de renom évoqua également les travaux récents de certains de ses collègues qui s'efforçaient de mettre en relation les troubles du comportement de type psychopathie avec certaines blessures ou tumeurs du lobe frontal du cerveau. Mais avant toute chose, les traumas retrouvés dans la mémoire et les fameux petits carnets de Maurin mirent en évidence la lente et inexorable progression de l'obsession de vengeance et de punition du sujet, son statut de policier n'ayant pas suffi à satisfaire son besoin de justice. Georges Maurin déclara en effet que la justice de Dieu avait été faite.

A l'examen médical, on constata bon nombre d'anciennes brûlures superposées sur la face interne de ses poignets et de ses avant-bras. Des cicatrices dissimulées par ses éternelles chemises à manches longues.

Enfant abandonné à la naissance et élevé en famille d'accueil, Georges Maurin portait son nom comme un anonymat. Il expliqua, et ce sur plusieurs séances et avec de grandes difficultés d'élocution, à la limite de la régression, les maltraitances et les viols répétés qu'il avait subis, son énurésie prolongée, les jeux pervers dont il avait été victime plusieurs années de suite et dont il avait été témoin sur d'autres enfants. Son cerveau lui refusait toute précision quant à ses tortionnaires. Il se souvenait très mal du couple responsable de ses souffrances. Son seul indice, c'était un nom, Marchat *ou quelque chose comme ça.* Un nom qui lui fit croire par un raccourci psychique très confus, que tous les Marchat pouvaient être coupables. Des Marchat de toutes sortes qu'il fallait à tout prix empêcher de nuire. Pour atteindre la purification, il lui en fallait sept. Il avait trouvé dans l'annuaire du département sept orthographes différentes pour ce nom. Sept ! C'était un signe. Il avait donc décidé d'en prendre un de chaque orthographe, au hasard.

Il précisa aux enquêteurs que son intention de *châtier* les coupables*, quitte à se tromper de cible,* ne l'avait *hanté qu'après son accident,* qu'il avait essayé de lutter contre ces pulsions, en vain. » (extrait du rapport d'expertise psychiatrique).

Quoi qu'on fît pour l'oublier, cette enquête demeura dans les mémoires. On ne parla plus du capitaine Maurin que dans les couloirs, avec précaution, comme si l'évoquer c'était l'invoquer. Même si le lieutenant Manu Gimenez changea de coéquipier, il resta secrètement marqué par le drame. Le commissaire Favel renonça aux sanctions pour rétention d'informations, considérant que Gimenez avait mis sa vie en jeu. Manu Gimenez resta donc lieutenant. Son instinct de flic s'en trouva pourtant renforcé, ainsi que son humanité. Il y gagna un ami sûr, Grégory, dont il salua le courage hors du commun. Grégory Marchat ne toucha plus un P38, même s'il avait prouvé qu'il visait juste. Rebecca ne sut jamais à quel point son petit ami avait risqué sa vie, on lui servit une version très allégée qu'elle n'avala qu'à moitié. Grégory reprit son travail chez Mazars et Guérard. Pénélope Bonnet redescendit dans les magnifiques caves voûtées du *Parisien*. La vie sembla reprendre ses droits et les esprits s'apaisèrent. Mais, une fois tous les deux mois, Manu et Grégory prenaient la route du centre où l'on détenait Georges Maurin pour lui remettre en personne une boîte de cigares Middleton's Black and Mild, puisque c'était son moindre péché. Ils s'en allaient avant qu'il ne se mette à chanter.

L'écriture de ce roman a bénéficié de l'aimable concours de Lauriane Sanchez et Laetitia Marchat.

N° BCN M95134.07
Votre roman interactif est disponible sur
www.evene.fr

Dernièrement parus
aux
Editions Comédia

Court-circuit, roman fantastique, Hervé Mestron

Imaginez une vie la vôtre, apparemment sans histoire, rythmée par la tranquille régularité d'une horloge, et puis soudain, crac ! vous apprenez incidemment que vous avez été l'objet d'une expérimentation médicale inédite, à votre insu, et tout votre univers bascule... Vous êtes devenu(e) quelqu'un d'autre. Un phénomène... national !

Un amour d'éclipse, roman sentimental, Jacques Lederer

Madame, Mademoiselle, si vous avez déjà quelqu'un dans votre vie, mettez-le entre parenthèses... ou ailleurs ! Faites-en ce que vous voulez, mais de grâce, oubliez-le, car, autant vous le dire franchement, vous allez choisir un amant, et partir avec lui pour trois jours de croisière au large de l'Irlande...

Chimère, roman suspense, Pascal Leby
L'amitié, c'est sacré !

Alors quand un de vos proches (ami ou famille) se retrouve en danger de mort, vous êtes prêt(e) à remuer ciel et terre pour voler à son secours. Une course contre la montre commence, qui vous mènera de la capitale aux routes escarpées d'une région de province. De votre intuition et de votre rapidité d'action dépendra... son salut. Une mécanique implacable est en route : à vous de la stopper !

Même pas mal ! Collection jeunesse 10/14, Bruno San Marco

Aujourd'hui n'est pas un jour comme les autres ! Tu te rends en classe, comme d'habitude. Mais tout à coup, ça déraille : la météo s'affole, les camarades se comportent de façon étrange. Sans parler de cette verrue verte qu'ils ont tous dans le cou. Alors quand ils se mettent inlassablement à répéter : « Poule visse est-ce poule vert aime revers tisse ! » tu réalises qu'il y a un malaise... Le monde serait-il devenu fou ?

Le troisième secret, Lorette Nill

C'est ce qui s'appelle péter les plombs ! Que s'est-il passé dans votre tête ? Pourquoi cette envie, subitement, d'un changement radical dans votre existence ? Et enfin pourquoi avoir choisi le contre-espionnage industriel comme nouvelle voie ? Rien ne vous prédisposait à cela. Vous ne savez pas dans quoi vous vous embarquez et il est fort à parier que vous le regretterez...

ISBN : 2-913-595-13-8
Dépôt légal : janvier 2004
Imprimé et façonné en France par Neopress
Imprimerie numérique intégrée des Editions Comédia 04 66 36 00 66